Jakob Wassermann

Der Aufruhr um

den Junker Ernst

Erzählung

Jakob Wassermann: Der Aufruhr um den Junker Ernst. Erzählung

Entstanden Herbst/Winter 1925/26. Erstdruck S. Fischer Verlag, Berlin 1926.

Neuausgabe mit einer Biographie des Autors
Herausgegeben von Karl-Maria Guth
Berlin 2016

Umschlaggestaltung von Thomas Schultz-Overhage unter Verwendung des Bildes: Holzschnitt von Würzburg aus der Schedel'schen Weltchronik, Blatt 159v/160r, Ausschnitt, 1493

Gesetzt aus der Minion Pro, 11 pt

Verlag: Henricus - Edition Deutsche Klassik GmbH
Mörchinger Str. 33, 14169 Berlin, info@henricus-verlag.de
Druck: Libri Plureos GmbH, Friedensallee 273, 22763 Hamburg

ISBN 978-3-8430-8924-1

Bibliografische Information der Deutschen Nationalbibliothek

Die Deutsche Nationalbibliothek verzeichnet diese Publikation in der Deutschen Nationalbibliografie; detaillierte bibliografische Daten sind im Internet über www.dnb.de abrufbar.

1.

An einem Aprilnachmittag im dritten Jahr seiner Regierung erhielt der Bischof Philipp Adolph von Würzburg durch einen reitenden Boten die Meldung, daß seine Schwägerin, die Freifrau Theodata von Ehrenberg, am Ostersonntag auf Schloß Ehrenberg eingetroffen sei.

Eine unerwartete Botschaft; die Freifrau war acht Jahre lang beinahe verschollen gewesen. Ihr Gemahl, der Bruder des Bischofs, Chambellan gentilhomme am kaiserlichen Hof in Prag, war im Todesjahr des Kaisers Mathias beim Zweikampf mit einem Baron Wrbna verblieben und hatte nichts hinterlassen als eine Börse mit Dukaten, die man in seiner Tasche fand, außerdem Schulden über Schulden, zu deren Tilgung Philipp Adolph, damals noch Abt zu Rimpar und Domkapitular von Würzburg, angerufen wurde. Er wollte aber nicht zahlen; sein Geiz war noch größer als der Zorn gegen die leichtfertige Lebensführung des Bruders und der Schwägerin.

Die Freifrau, die sich nicht anders zu helfen wußte, schickte ihren sechsjährigen Sohn Ernst mit seiner Aja, der tauben Lenette, und dem Magister Onno Molitor auf den fränkischen Stammsitz der Familie, das am Rande des Spessarts gelegene Ehrenberger Schloß, und empfahl ihn der Obsorge des reichen Prälaten und leiblichen Oheims. Der zog saure Mienen, mußte sich aber trotz seines Ärgers in das Übel finden, da er es für seine Christenpflicht erkannte, sich des verlassenen Neffen anzunehmen. Das geschah in der Art, daß er dem Wirtschafter Wallork, dem schon seit dreißig Jahren die Verwaltung des Schlosses samt Pflege des Viehs und Einbringung der Zehnten oblag, mageres Vieh und einer notleidenden Bauernschaft mühselig erpreßter Zehnter übrigens, daß er dem also monatlich fünf Gulden rheinisch aus seiner Schatulle überweisen und dem Magister Molitor, der ihm an jedem Neujahrstag über die Fortschritte des Neffen, namentlich im Hinblick auf seine Erziehung zum rechtgläubigen Christen mündlichen Bericht erstatten mußte, fünfzehn Gulden rheinisch als jährlichen Gehalt durch den Bruder Säckelmeister auszahlen ließ. Auf Ehrenberg selbst hatte er den Fuß noch nicht gesetzt in all den Jahren; seinen Neffen gesehen oder sich sonstwie seiner angenommen hatte er auch nicht.

Von der Freifrau war ihm in der Folge nur erzählt worden, daß sie sich abenteuernd in der Welt herumtreibe. Ob es damit seine Richtigkeit hatte oder nicht, unterließ er zu erforschen, schon deswegen, weil er ihren Namen am liebsten nicht hörte. Auch den Leuten in Ehrenberg wurden nur unsichere Gerüchte über sie zugetragen, und das Auffallendste war, daß sie sich um ihren leiblichen Sohn nicht mit einem Atemzug und Federstrich kümmerte, so daß es fraglich schien, ob sie überhaupt wußte, daß er noch am Leben war. Seit ungefähr drei Jahren waren auch die jeweiligen Nachrichten über sie verstummt, und der Bischof hielt dafür, nicht ohne innere Erleichterung, daß sie in der Fremde das Zeitliche gesegnet habe.

Und nun war sie wieder da.

2.

Damit hatte es nicht sein Bewenden, daß sie dem Bischof ihre Ankunft meldete. Das hätte ihn nicht um die Ruhe gebracht, deren er zur Ausübung seines hohen Amtes und zur Auffindung, Geständigmachung und Aburteilung der Ketzer, Hexen und Zauberer so dringend bedurfte; schoß doch das grausame Unheil mit jeder Woche üppiger aus dem fluchbeladenen Boden des Landes, so daß der strafende und rettende Arm schier erlahmen wollte. Was geht ihn die Frau an, Witwe eines langverstorbenen Lüderjahns von Bruder? Mag sie kommen; mag sie wieder verschwinden; was geht ihn die an? Doch kaum vierundzwanzig Stunden später erschien abermals ein Bote, brachte abermals ein Sendschreiben, eigenhändig und dringlich von der Freifrau abgefaßt, Seine Gnaden der Herr Schwager möge dem Überreicher des Briefes fünfzig Dukaten mitgeben, zu Ehrenberg fehle es am Nötigsten, es seien unaufschiebbare Zahlungen zu leisten, wie zum Beispiel an den Fuhrknecht, der die Freifrau von Kassel bis Ehrenberg befördert habe und nun, da er auf die Entlohnung warten müsse, im Schloßhof greulich randaliere, sodann an den Medikus, den sie wegen einer Magenübelkeit aus Rimpar habe kommen lassen; bei den Leuten im Schloß aber herrsche solche Armut, daß ihr niemand aus der schlimmen Lage helfen könne.

Die kleinen hellen unruhigen Augen des Bischofs röteten sich an den Rändern, als er die Epistel gelesen hatte. Entrüstet warf er sie auf den Tisch zwischen die Arme Michel Baumgartens, des Sekretarius, eines Franziskaners, und fuhr ihn an, er solle schreiben, was er ihm diktiere, er solle keine Silbe auslassen, solle genau niederschreiben, was er ihm vorsage. Mit hastigen Schrittchen lief er ein paarmal im Zimmer querüber, zupfte mit den dürren, mit vielen Ringen geschmückten Fingern an dem schütteren Ziegenbart, der ihm vom Kinn abstand, und begann mit der kreischenden Stimme eines alten Weibes: »Euer Liebden jetzo und fürder zur Kenntnis, daß wir mit nichten gesonnen sind, dero unberechtigte Ansprüche an unsere Munifizenz zu erfüllen. Habt Ihr das? Erfüllen. Punktum. Weiter: Euer Liebden zur sachdienlichen Erinnerung … Nein. Streicht es wieder aus. Wir wollen das besser formulieren. Wollen ihr zu verstehen geben, daß wir sie als die gott- und ehrvergessene Person präsentieren, die sie ist. Daß ihr Wandel unserm christlichen Ansehen zur Schande gereicht und wider Pflicht und Sitte geht. Wir wollen ihr die Prätensionen und Arroganzen an der Wurzel kürzen. Wir sind kein Leihamt. Wir halten keinen Dukatenscheißer im Spind. Wir haben genug getan, indem wir den Neveu, den sie uns aufgehalst, und seinen verschlafenen Mentor seit Jahr und Tag von unsern Ersparnissen gefüttert haben. Habt Ihr Euch das gemerkt?«

Der Mönch ließ ein devotes Knurren hören.

Aber als der Bischof fortfahren wollte, kam eine lehmige Stimme aus dem Hintergrund des Raumes. »So nicht, Herr Bischof. Ihr könnt es nicht tun. In der Weise nicht«, sagte die Stimme.

Ein großer hagerer Mann war leise durch eine Tapetentür eingetreten, der Jesuitenpater Gropp, Beichtiger und Vertrauter des Bischofs, seine rechte Hand, Exekutor seines Willens und eigentlicher Richter in allen Prozessen wider die Hexen und Magier, durch das Collegium an ihn delegiert.

Der Bischof, eingeschüchtert wie stets, wenn er sich dem Pater gegenüber befand, fragte stockend: »Wie denn sonst, Gropp? Wie sonst soll man sich solchen anverwandten Weibes entledigen? Was sonst ist Euer Rat?«

Ein verächtliches Zucken spielte um die Lippen des Paters, die aussahen, als sei die Haut mit einem Messer entzweigeschnitten worden und eben im Begriff, wieder zusammenzuwachsen. Er hatte eine kegelförmig sich verjüngende Stirn, in die steife schwarze Haare hereinhingen, und ein fahlgelbes Gesicht.

»Ihr könnt die Frau nicht in expressis verbis verschimpfieren, Herr Bischof«, erwiderte er nach gemessenem Schweigen, ohne die Lider zu heben. »Ihr müßt ihr im Gegenteil dem Scheine nach die schuldige Reverenz erweisen; sie war die angetraute Gattin Eures leiblichen Bruders. Ich sage nicht, daß Ihr so weit gehen sollt, ihr das Geld zu schicken, damit hat es gute Weile, wird sie doch morgen oder übermorgen mit einem neuen Anliegen kommen, stillt man die Begehrlichkeit, so ermuntert man sie. Mich dünkt, wenn ich mich solchen Rates unterfangen darf, Ihr müßt ihr auf Ehrenberg einen Besuch abstatten. Es empfiehlt sich, dort nach dem Rechten zu schauen. Es wäre nicht unangebracht, bei der Gelegenheit einmal den Junker in Augenschein zu nehmen, über den mir allerlei verdrießliche Dinge zu Ohren gelangt sind. Vielleicht könnt Ihr dadurch eine Seele retten, die schon am Abgrund hängt. Ich gebe es nur zu bedenken, nichts anderes. Ihr könnt es nach Euerm Bessermeinen halten.«

Er verbeugte sich kalt. Er kannte die Macht seines Wortes. Er hatte Erfahrung darin, die flackernden Willensausbrüche des Bischofs erst abzukühlen und sie dann so zu unterschüren, daß sie zu folgerechtem Wirken führten.

Der Bischof strich mit den Fingerspitzen über die von Speiseresten befleckte Soutane. »Wenn Ihr glaubt, es ist vernünftig, daß ich hinüberfahre, gut, so wollen wir hinüberfahren«, murmelte er verwundert, »so wollen wir am Walpurgistag hinüberfahren. Aber bisher hat es Euch nicht von Vorteil geschienen, daß ich meinen Neveu zu mir kommen lasse oder gar ihn aufsuche ...« Die Bemerkung klang schüchtern, der Bischof zerbrach sich den Kopf über die heimlichen Beweggründe des Paters. Doch der gab sich die Miene, als nehme er die Bemühung nicht wahr, und erwiderte trocken: »Bislang nicht, aber nunmehr dünkt es mich an der Zeit. Wollt nicht vergessen, daß der Junker Ernst fünfzehn Jahre alt wird und daß Ihr anfangen müßt, für seine Zukunft christliche Sorge zu tragen.«

Ein schrilles, hohes Klingeln unterbrach das Gespräch zwischen dem Kirchenfürsten und dem Jesuiten. Michel Baumgarten erhob sich, schlug das Kreuz und ließ sich auf die Knie nieder, in welcher Haltung er verblieb, solang das unheimliche Glockenzirpen währte. Auch der Bischof und der Pater schlugen das Kreuz, und als vom Domplatz herauf der leiernde Gesang des Misereres in das Gelaß drang, neigten sie ihre Häupter, der Bischof in erschrockener Andacht, Pater Gropp in gewohnheitsmäßiger Düsterkeit.

Es war die Armesünderglocke, die Sänger waren Dominikanermönche, die unter Führung des Paters Gassner drei verurteilte Frauen auf den

Hexenschuß vors Tor geleiteten, um ihrem Brand beizuwohnen und ihnen den geistlichen Zuspruch zu spenden.

3.

Einfach in Gewohnheiten und einfältig von Sinn und Art, ähnelte der Bischof Philipp Adolph in nichts den großen geistlichen Herren seiner Zeit. Er lebte frugal, kleidete sich ärmlich, bewohnte in dem uralten Palast hinterm Dom bloß zwei finstere Räume und nahm die Besuche vornehmer Reisender, die in seine Residenz kamen, nur an, wenn ihnen der Ruf der Frömmigkeit vorausging und sie sich frommen Trostes für bedürftig erklärten. Allem Luxus und Schaugepränge war er abhold, die kristallnen Lüster und venezianischen Spiegel in den Empfangssälen hatte er bei seinem Amtsantritt mit schwarzen Tüchern verhängen lassen; das silberne und goldene Tafelgeschirr seiner Vorgänger wurde in Truhen versperrt; den meisten Dienern und Beamten des Hauses gab er den Abschied, und die Gelder für die Wirtschaft wurden auf das Unerläßliche eingeschränkt. Er haßte die öffentlichen Festlichkeiten, Volksbelustigungen, Umzüge, Fackelzüge, Musik, Tanz und Maskeraden, und da der unterfränkische Menschenschlag immer schon lebhaft und den sinnlichen Vergnügungen ergeben war, glich bereits der Anfang seiner Herrschaft einem Frosteinbruch in einen blühenden Garten.

Er war ein grundeinsamer Mann. Aber die Ursache der Einsamkeit lag nicht in philosophischer Versenkung, ebensowenig in der Weltentsagung eines von den irdischen Dingen enttäuschten und den himmlischen zugewendeten Gemüts. Furcht hatte sie erzeugt. Beschränkten Geistes und dumpfen Herzens, hatte er sich gänzlich in den Wahn verloren, daß der Mensch rundum von Dämonen umstellt sei. Früh war das gewachsen, genährt von der Zeit, begünstigt von allem, was in ihr schrecklich und verworren war, und schlug seine Wurzeln in Denken und Traum hinein. Wenn solcher Hang in ihm gebändigt geblieben war, solang er das behagliche Dasein eines Kloster-Prälaten geführt hatte, jetzt, als Beherrscher eines Landes, Gebieter über viele tausend Seelen, war ihm keine Grenze gesetzt und kannte er keine Schonung in dem Kampf.

Er war von Dämonenangst und Dämonenglauben so umfangen, daß er bei jedem Schritt, den er tat, vor dem nächsten zitterte. Der Stein unter seinem Fuß, der Balken über seinem Kopf hatten das Aussehen der Bezauberung. Die Luft, die er atmete, konnte magisch vergiftet sein, das Buch, in dem er las, das Kissen, auf dem er schlief. Weder Gebet noch Kasteiung boten Schutz. Das wollte aber noch nichts bedeuten gegen die von Menschen drohende Gefahr, von denen, die sich zur Vernichtung des Reiches Gottes verschworen hatten, die das Vieh behexten, verderbliche Sprüche wußten, zum Opfermahl der Baalim flogen, die ihre unmündigen Kinder unter die Botmäßigkeit des geschwänzten Teufels zwangen, rasend machende Tränke in den Wein mischten, die heilige Hostie mißbrauchten, die Herden des Sabbats hüteten, mit Scheingold zahlten und mit dem Incubus grausige Fratzen zeugten.

Erwog er das Treiben der Menschen, so festete sich nur die Gewißheit von der um sich greifenden Macht Luzifers. Das Volk vom Unheil zu erretten, darauf allein stand sein Sinn. Mißernte, Hagelschlag, Dürre, Überschwemmung, Aufruhr, Hungersnot, Krieg, Pestilenz: alles hatte nur Eine Quelle, alles Übel und Verbrechen, aller Hader, alle Krankheit und zugefügte Kränkung, häuslicher Verdruß, eheliche Untreue, Ketzerei und Häresie, Trunkenheit, Wollust, Diebstahl und Wucher. Es kam immer nur darauf an, den Schuldigen zu finden, den, der mit den Dämonen im Bunde war, der das Mal an sich trug, den Gezeichneten, den Vermaledeiten, Mann oder Weib oder Kind oder Greis oder Jud oder Christ.

Konnte es schwer sein, ihn zu finden, da doch allenthalben Finger auf ihn wiesen? Auf wen? Nun auf den, der sich gerade hervortat. Auf den besten Schützen zum Exempel. Auf den geschicktesten Uhrmacher zum andern. Auf einen Bücherwurm oder friedlichen Herumstreicher. Auf einen, der bösen Gewissens schien, einen, dem Hoffart zu Kopf gestiegen war. Auf den armen Häusler, der den reichen Nachbar haßte, den Reichen, der dem Bettler das Almosen weigerte, die Jungfrau, die zudringliche Bewerber ausschlug, den Studenten, der im Geruch der Freigeisterei stand, das alte Weib, das Mann, Sohn und Enkel überlebte, den Gelehrten, der nach griechischer Weisheit forschte, die Dirne, die den Ehefrauen ihre Männer abspenstig machte, die züchtige Gattin, die einem frechen Galan die Tür gewiesen, den Bauern, der in der Scheune geflucht hatte.

Das Holz im Ofen wollte nicht brennen, im Haus wohnte eine mißliebige Person, sie hatte das Holz verhext, sie war die Hexe, wachsame Augen haben sie nachts durch das Schlüsselloch schlüpfen sehn. Der

Blitz versehrt die Mauer, die Magd hat ihn gerufen, manche wußten freilich, daß sie vom Herrn geschwängert war und daß er sie los wurde, wenn er sie den Hexenrichtern anzeigte. Leicht konnte ein Mann begangene Untat verschleiern, wenn er ein Weib bezichtigte, daß es mit dem Satan Buhlerei trieb. Dabei wurde die Habsucht gereizt, da er drei Gulden Angeberlohn bekam und vom Nachlaß der Justifizierten, was Ketzergericht, weltliches Gericht, Kirche und Profoß übrig ließen. Es machte sich bezahlt, obschon es ihn vor gleichem Los nicht schützte.

Verdacht war auf allen Wegen. In schreckensvoller Erwartung waren die Augen gegeneinander gekehrt. Neid wurde Schrecken (für den Beneideten), Bewunderung erzeugte Schrecken (für den Bewunderten), Liebe konnte auf dem Scheiterhaufen enden, in jeder fröhlichen Geselligkeit lauerte der Verräter, bis es schließlich keine Geselligkeit mehr gab und die Menschen einander mieden.

Viele natürlich glaubten nicht an Zauberkunst und Hexenspuk, oder glaubten nur halb und sicherten sich durch Schweigen und Mittun. Im Volk aber war kein Licht, kein besser belehrtes Herz. Sie mußten es über sich ergehen lassen, ihre Geschäfte betrieben sie im Brandgeruch der Leichen, wenn sie nicht über den Geständigen jubelten, schleifte sie der Henker selber auf den Richtplatz, von der Arbeit weg, aus dem Ehebett heraus, gleichviel. Am unerschütterlichsten glaubte der Bischof. In den Schlupflöchern seines Aberwitzes, drin er wühlte wie eine hungrige Ratte, fahndete er nach den von den Schwarmgeistern der Hölle verführten Seelen. Sie verübten Raub an Gott und an der Kirche, ihm war auferlegt, das Geraubte wieder einzubringen, auch die Seelen selber. Die Seelen mußten aus der dämonischen Umklammerung befreit werden, hiezu gab es kein anderes Mittel als Verhör, Folter und Feuertod. So war die Übung im ganzen Römischen Reich. Der heilige Vater gebot es, der Kaiser bewilligte es, die geistlichen Kollegien priesen es, erleuchtete Tribunale und hochgelehrte Codices legitimierten es, und die protestantische Welt war darin mit der katholischen nicht nur eines Sinnes, sondern übertraf sie noch im Eifer der Verfolgung. Es war ein eisenfingriges System, dem keine vom Teufel besessene Fliege entschlüpfen konnte.

4.

Das Treiben des Bischofs wäre wahrscheinlich planlose Raserei geblieben wie das so vieler anderer, gelegentlich aufflammende Leidenschaft ohne Steigerung ins Äußerste, wäre der Pater Gropp nicht gewesen, der die wild schießende Saat in die Scheune brachte und auf der großen Mühle mahlte, deren Räder durch das ganze Jahrhundert donnerten, denn es waren Menschenseelen, aus denen da Ewigkeitsbrot gebacken werden sollte.

Die Lehre war fundiert im Weltgebäude und in der Weltschöpfung und unantastbar wie diese. Der Natur waren ihre tiefsten Geheimnisse abgefragt, sie hatte die Schlüssel einem Areopag von Wissenden ausgeliefert, die herrschten nun über die Menschheit ohne Beschränkung. Was erlauchte Geister gedacht, kehrte in tückischem Doppelsinn wieder, vergiftet von Scholastik, von magischen Dünsten umschleiert. Oftmals, in den Nachtstunden nicht selten, saß Pater Gropp vor dem lauschenden Bischof, der Eingeweihte vor dem Schüler, um ihn der Erleuchtung teilhaftig zu machen, deren er selbst gewürdigt worden war. Alte Schriften haben die Weisheit aus dunklen Quellen überliefert, der tiefe und wunderliche Görres hat noch vor hundert Jahren das vielfach Zerstreute mit gläubigem Fleiß gesammelt.

Es ist ein Gott des Lichts und ein Gott der Finsternis, lehrte der Pater. Zwei innerst wesensverschiedene Substanzen, eine gute der unkörperlichen, eine böse der körperlichen Dinge. Seht den Menschen an, wie die Spaltung bei ihm wiederkehrt, wie er mit dem leiblichen Teil dem Bösen verhaftet ist, mit dem unsichtbaren seinem Schöpfer, der nichts Vergängliches schafft. Körper ist vergänglich, Sünde ist des Körpers, daher ist Sünde von Urbeginn dem Gott der Finsternis zugehörig und sein Werk.

Als die Welt geworden, hat der Baum des Guten, der im Menschen grünt, nicht etwa wie vom Frost getroffen den Blätterschmuck abgeworfen, nicht etwa hat das Beil die Äste weggehauen und den Stamm bis zum Boden gekürzt, der Stummel konnte dann immer noch frische Sprossen treiben. Nein, die letzte Faser ist ausgerissen, der letzte lebende Keim ist vertilgt, die höheren Symbole sind erloschen, und zu der Nacht des Todes, die nun eingebrochen, haben die Dämonen freien Zutritt. Sie schlüpfen in den Menschen wie die Bienen in ihre Zellen, bequem ist es ihnen, dort zu hausen, finden sie doch auch ihren Honig daselbst. Da ist der Mensch nicht bloß in der Weise einer unfreiwilligen Verstrickung von der Dämonenmacht besessen, nicht bloß am Leibe ist er gekettet, sondern in voller Besonnenheit ist seine Seele hingegeben, der Vogel der Finsternis ist durch den geöffneten Mund in sein Herz hinabgefahren.

Und will nun einer ergründen, wie es um die Heimat der finsteren Boten bestellt ist und wie es in ihrem angestammten Geisterreich aussieht, so mag er wissen, daß sie dem Paradiese gegenüber wohnen, in einem unendlichen Gegenüber freilich, in einer Dimension, die kein irdisches Gehirn fassen kann. Da haben sie eine Hölle pyramidenförmig ausgetieft, sieben Feuerströme durchbrausen sie, von sieben Engeln des Verderbens ist sie behütet. So ist es schon in der Kabbala der Juden beschrieben, müßt Ihr wissen. Wie es Stufen gibt in der Heiligkeit, so auch in der Unreinheit und in der Verdammnis. Wie dort Mann und Weib als eins enthalten sind, so auch hier. Unermeßlich ist die dem Satan von Gott überlassene Macht über die Welt. Die Satanim wohnen bei dem Menschen, neben ihm, in ihm drin; und spotten seiner. Ihr Tichten ist, ihm Böses zu tun. Sie lechzen nach seinem Blut.

Warum nur? Warum duldet das der Herr der Welt? Es ist daraus zu erklären, daß der Widerspruch von Gut und Böse in die verborgenen Gründe des Alls hineinreicht und sich allen Wesen mitteilt, die ihren Gründen entsteigen. Einbrechend in die Natur, finden die Dämonen in ihr vor, was ihr Wirken fördert. Nicht als seien Sonne und Mond wie gut und böse, doch stellen sie sich zu den dunklen Gewalten in verschiedener Art. Das Mondhafte, im Weltraum zweimal gebunden, von der Erde und von der Sonne, hat Gebundenheit zu seinem Merkmal und kann vom Bösen wie vom Guten leichter bemeistert werden. Das Sonnenhafte, selber bindend, kann nur durch ein Gleiches an Kraft unterworfen werden. Aus demselben Grund, aus dem in der physischen Welt Mondfluten und Mondebben häufiger sind als die solarischen Bewegungen, gibt es auch mehr Mondfrauen als Sonnenseher, mehr Zauberinnen als Zauberer, mehr Hexen als Hexenmänner.

Und nun folgert: wer dahin gelangt, sich mit Hilfe der Dämonen an das Böse zu vergeben, schweifend oder verbleibend, wartend oder suchend, duldend oder tuend, der ist in einen neuen Kreis des Daseins getreten. Seine Seele hat eine Wanderung vorgenommen, und indem sie sich in einem neuen Gebiet ansässig macht, muß sein ganzes Wesen den Gesetzen nacharten, die dort gelten. Das Dämonische ergreift ihn mehr und mehr, umstrickt ihn enger und enger, und er wird ihm völlig zu eigen. Doch ist der Dämon solange ohne Kraft, als nicht der Wille seines Opfers eingestimmt und die Schiednis aufgehoben hat, die zwischen ihm und dem feindlichen Prinzip waltet. Die Einstimmung kann von unten auf erschlichen werden; unzählbar sind die Sendlinge Satans, von den gemeinen Kobolden, Elben und Hausgeistern an bis zu denen, die den Menschen zu Besessenen machen, und denen, die sich Geister der wahren Freiheit nennen; von denen, die sich unter der Larve der Wohlanständigkeit, des Gehorsams, ja der Frommheit verbergen, bis zu den Blutgeistern und Blutteufeln. Es kann aber die Ergebung auch auf freiem Entschluß beruhen, der sein Heil auf Wegen der Nacht sucht. Eine verwandelte Sphäre umfängt den Verstrickten in beiden Fällen. Alle Verhältnisse sind ihm gewandelt, und während er die Pfade des verfluchten Reichs durchschreitet, geht es von Abgrund zu Abgrund mit ihm. Gewandelt ist ihm die Betrachtung der Welt; das Freundliche erscheint feindlich, das Häßliche schön; dem Greuelvollen ist ein Glanz angelogen, das Widernatürliche stellt sich angenehm vor. Zuletzt kommt es dahin, daß die menschliche Natur in gänzlicher Umkehrung ihr göttliches Teil aus sich verstößt und unrettbar dem teuflischen verfällt.

Sie soll ihm aber entrungen werden: das ist die Aufgabe. Sie muß ihm entrungen werden. Die Umfriedung, die den Verlorenen einhegt, muß von außen gebrochen, die Schranke, die das finstere Reich beschließt, von innen gestürzt werden, sei es auch um den Preis aller erdenklichen Qual, die er dabei zu erleiden habe, sei es auch um den Preis des qualvollen Todes. Dann ist wenigstens seine Seele befreit.

5.

Die Freifrau Theodata von Ehrenberg stammte aus einem alten lothringischen Geschlecht. Als jüngste von acht Schwestern hatte sie keine andere Mitgift in die Ehe gebracht als drei Truhen voll Kleider und Wäsche und ein paar goldne Ketten und Armbänder. Außerdem die taube Lenette. Davon schrieb sich der Groll des Herrn Philipp Adolph her; die Armut hatte er ihr nie verziehen und daß aus dieser Ursach der Bruder mit seinem ganzen Hausstand ihm beständig auf der Tasche lag.

So sah es von seiner Seite aus. Die Freifrau betrachtete ihn als den Mann, einzigen Blutsverwandten ihres Gatten, der den verfahrenen Karren von dessen Existenz ins rechte Gleis hätte bringen können, bei einigem guten Willen und einiger Liebe nur, und es nicht tat, oder nur zögernd tat, nur selten und halb; den Mann, an den man Bittbrief über Bittbrief schreiben mußte und der mit hart geschlossener Hand sein ererbtes Gut hütete, das er durch Pfründe, Sporteln und Geschenke klug zu mehren gewußt, indes der Bruder, gescheiterter Soldat, gescheiterter Mensch von Geburt an, alles verpraßt, verspielt, verloren hatte. Ihr eigener Schwestersmann, Gesandter am kursächsischen Hof, hatte ihm die wenig einträgliche Kämmererstellung verschafft, in der er sich unglücklich fühlte, weil er jedes Talents dazu ermangelte. Theodata, noch jung und zuversichtlich damals, hatte ihn zu überreden verstanden, daß er auf diesem Weg zu Erfolg und Ansehen gelangen würde, und weil sie es so hartnäckig behauptete, hatte er es eine Zeitlang geglaubt. Solang sie in seinen Augen noch was galt, hatte er es geglaubt, dann nicht mehr. Das Soldatenleben war ihm leid, das Schranzenleben war ihm erst recht leid; er hätte selber nicht sagen können, welche Art von Leben ihm unleid gewesen wäre. Nach und nach war sie zur Prügelmagd des Freiherrn herabgesunken, und für alle Enttäuschungen, die er erlitt, hielt er sich schadlos an ihr, für seine Unfähigkeit auch, für seine Schwäche, für seine Faulheit, für die Mißachtung, mit der man ihm bei Hof begegnete. Schließlich blies er in das Horn seines geistlichen Bruders, wenn er ihr die angestammte Bettelhaftigkeit hämisch vorwarf; manche Nacht schlief sie aus Angst vor seiner trunkenen Roheit außer dem Hause; manchen Tag brachte sie damit zu, bei Juden und Wechslern Geld aufzutreiben, Pfänder anzubieten, Bürgen zu stellen, um Stundung zu flehen. Nur wenn sie mit Geld zu ihm kam, war sie vor seinen Rüpeleien und seinem Unflat sicher. Hatte er doch einmal gedroht, das Kind zum Fenster hinauszuschmeißen, falls sie ihm nicht bis zum Mittag hundert Gulden verschaffe, und ein andermal, sie nackigt mit der Reitpeitsche auf den Wenzelsplatz zu jagen, wenn sie nicht den Juden Meisel, seinen grausamsten Gläubiger, zur Nachsicht bewege. Alles dies und viel anderes noch trat ihr in den Jahren nachher vor den Sinn, wie im Fieber gewisse Visionen aus einem früheren Fieber auftauchen mögen, sei es auch nach noch so langer Zeit, und Menschen und Schauplätze schwankten in düsterem Gewoge durch ihr von keinem Licht der Phantasie gesegnetes Inneres. Hauptsächlich jenes Begebnis, das wie ein Mark- und Schlußstein am Ausgang des sechsthalbjährigen Eheleidens stand, wie er in der Nacht vor dem Duell den schlafenden Ernst mit wildem Gelächter aus dem Bett gerissen hatte, um ihn mitzunehmen, damit er seinen Vater solle fechten sehen, ihn auch wirklich auf seinen Armen fortschleppte, trotz ihrer Bitten und Tränen; wie der arglose Knabe im Halbschlummer die Ärmchen um den roten aufgedunsenen Hals des Vaters geschlungen und sich von ihr abgewandt, von ihr nichts wissen gewollt hatte; warum von ihr abgewandt? Von ihr und nicht von ihm? Wie die Kumpane des Freiherrn Beifall gejohlt und sie in ihrem Jammer durch die Straßen geirrt war; das war unvergänglich in ihrer Seele eingegraben, aber es versank; es war vorhanden, aber es versank, es verkrustete. Dann lag er als Leiche vor ihr, stumm und fahl, der rasende Schwächling, und in ihr war kein Trieb als: fort, fort, nichts mehr hören, nichts mehr sehen; auch den Buben wollte sie nicht mehr sehen, er war in ihrem Geist auf einmal so vernämlicht mit dem Bild seines Vaters, daß sie seinen Blick nicht mehr aushielt, dem Sechsjährigen gegenüber in schwarze Angst vor dem Menschen geriet, der er mit zwanzig sein würde. Alles kehrte sich um in ihr, die ganze Natur kehrte sich um, nur befreit sein, nur los und ledig sein, und wenn sie sich auch noch des Namens Ehrenberg hätte entäußern können, wäre sie Gott dankbar gewesen.

Dann zog sie in der Welt herum, lud sich selber zu Gast bei ihren sieben Schwestern, fing bei der ältesten an, die einen kurtrierischen Kanzler geheiratet hatte, und hörte bei der jüngsten auf, deren Mann in Diensten des Landgrafen von Hessen-Kassel stand. Man hieß sie überall zuerst willkommen, aber wenn man fand, daß sie zu lang blieb, gab man ihr zu verstehen, daß sie nun wieder woandershin ziehen müsse, zu einer andern Schwester, die auch was von ihr haben wolle, oder zu einer hochadligen Dame, deren Bekanntschaft sie gemacht und die sie freundlich eingeladen hatte. So lebte sie einen Winter im Moselland, dann Frühjahr und Sommer im Holsteinischen, dann Herbst und Winter im Gebiet von Pfalz-Neuburg, dann bei der Schwester Mathilde in der Grafschaft Sorau, dann bei der Prinzessin von Cleve zu Cleve, dann auf einem Schloß am Niederrhein, dann auf einem mecklenburgischen Gut; kam in die berühmten Badeorte und in die vielen Residenzen kleiner großer Herren, verkehrte mit Rittern, mit Abenteurern, mit Goldmachern, mit landflüchtigen Fürsten, saß ein paar Wochen mutterseelenallein in einem Turm, wohnte dann etwelchen Hochzeitsfeierlichkeiten bei, zum Beispiel in der gräflichen Bentheimschen Familie. Überall erwies sie Ehre durch ihr Kommen und wurde dann Last, erwies man ihr anfangs Ehre, um sie mit der Zeit zu negligieren, ohne doch zu versäumen, ihr Wegzehrung, Gastgeschenk und Geleit bis zur nächsten Stadt, zum nächsten Quartier zu geben, wo man die ewige Wanderin schon erwartete. Das Römische Reich war vom Krieg überflutet, plündernd und sengend stampften Reiterhaufen kreuz und quer durchs Land, oft in der Nacht sah sie brennende Dörfer am Saum des Horizonts, oft lagen die Leichen ausgeraubter Kaufleute im Straßengraben, oft mußte ihr Reisewagen Halt machen, weil endlose Scharen von Bauern, die mit ihrer Habe aufgebrochen waren, den Weg verlegten. Ihr geschah nichts, keiner tastete sie an, keiner hielt sie auf, als wäre sie durch einen Zauber geschützt, seit sie sich losgerissen hatte von ihrer Wurzel und aus ihrer Welt. Sie dachte über den Tag hinaus nicht an den nächsten, und nur was sie sehen und greifen konnte, war da. Ihre vierte Schwester, die an einen Marquis de Lionne verheiratet und eine Dame von einigem Geist war, behauptete, daß Theodata nicht träumen könne und niemals Träume habe. In der Tat entfernte sich die Freifrau in keinem Augenblick ihres Lebens aus der Nähe der Dinge und verließ mit keinem ihrer Gedanken den Kreis der enggestellten Wirklichkeit. Daher auch immer etwas sonderbar Geducktes an ihr war wie bei jemand, der in einem finstern feuchten Flur geht und nicht an der nassen Mauer anstreifen will, daher auch jene Vergeßlichkeit, die nicht selten die Erheiterung der Zirkel war, in denen sie weilte, die ihr die weise Natur vielleicht als Wehr verliehen hatte, damit die Wunden heilen konnten, an welchen ihr zarter Organismus sonst hätte verbluten müssen, und die den Damm bildete, der die tägliche wiederkehrende Wirklichkeit nach allen Seiten abschloß. Sie behielt keinen Namen, keine Zahl, keinen Weg, kein Gesicht, keinen Vorfall im Gedächtnis; alles mußte erst durch Wiederkehr bestätigt und zum Augenschein werden. Sie vergaß von einer Stunde zur andern, was sie gesagt, was sie versprochen, was sie gesehen und erlebt hatte. Sie kannte nicht die Zeit, der Lauf der Uhr war ihr fortwährend was zum Erstaunen. So wußte sie auch vom Jahr nichts als Wechsel von Hitze und Kälte und Grün und Weiß, nichts als was man spüren, was man sehen konnte. Spüren und sehen, schmecken und riechen, wie ein Tier eingesperrt in die wiederkehrende Wirklichkeit, traumlos, sehnsuchtslos, himmellos, lichtlos, gesichtslos, so hätte sie vermutlich niemals nach Ehrenberg gefunden, wo der vergessene Sohn hauste, hätten sich nicht ihre beiden jüngsten Schwestern zusammengetan und hinter die Landgräfin von Hessen gesteckt, die ihr eines Tages sanft zuredete, sie an ihre mütterliche Pflicht mahnte und dann mit ihrer Zustimmung alle Vorbereitungen zur Heimkehr traf. Heimkehr war es, mußte es sein, obwohl sie das Ehrenberger Schloß nie zuvor betreten hatte. Aber daß sie Mutter war, Mutter sein sollte, das nahmen ihre Gedanken nicht auf.

6.

Mit achtzehn Jahren hatte sie geheiratet, ein Spätkind von alten Eltern, mit fünfunddreißig sah sie noch wie ein Mädchen aus. Doch was Jugend schien, war nur in den Formen geblieben, die Haut hatte was Starres und Regloses wie bei getrockneten Blüten, und die Gebärden erinnerten an Gewesenes. Sie redete nicht viel, immer über dieselben Dinge mit denselben Worten und einer seelenlosen Vogelstimme. An den Bischof hatte sie gar nicht gedacht, als sie nicht wußte, womit sie den Fuhrmann bezahlen sollte, der mit unverschämter Dringlichkeit sein Geld forderte. Er war schon in Kassel beim Beginn der Reise entlohnt worden, nicht von ihr selbst freilich, aber sie hätte es wissen sollen, hatte es nur vergessen. Mit dem letzten Geld, das sie gehabt, hatte sie den Jäger und die Kammerfrau bezahlt, die sie in Arnstein beide verabschiedet, weil sie sich geweigert hatten, mit ihr durch den verrufenen Spessart zu fahren, in dem noch dazu seit einiger Zeit allerlei verlaufenes Kriegsvolk schwärmte, versprengte Tillysche Reiter, wie es hieß. Gleich nach der Ankunft und nachdem man sie in das in aller Eile hergerichtete Zimmer geführt hatte, begab sie sich zu Bett und verlangte nach einem Arzt. Die taube Lenette war's, die sie auf den Bischof verwies, und unter ihrem Drängen schrieb die Freifrau an den bischöflichen Schwager. Sie mußte nicht schreien mit der Lenette wie fast alle andern Leute, sie nicht und der Junker Ernst nicht. Lenette schaute bloß auf ihre Lippen und wußte, was gefordert, was gesagt wurde. Sie kannten ja einander so lang, Lenette war schon auf dem heimatlichen Schloß zu Bourdonnay die Spielgefährtin Theodatas gewesen. Niemand konnte sagen, woher sie kam und wessen Eltern Kind sie war; ein Landsknecht hatte sie einst auf die Schwelle der Kirchentür gelegt, zwei goldene Portugaleser hingen, in ein Linnenstück genäht, am Hals des Säuglings, das war wohl über vierzig Jahre her. Doch Lenette wußte nicht, wie alt sie war, um den Kalender kümmerte sie sich nicht, und ihr Verhältnis zu Zeit und Zeitverlauf war ungefähr dasselbe wie bei der Freifrau. Acht Jahre hatte sie die Herrin nicht gesehen, acht Jahre nichts von ihr vernommen; als die Freifrau aus der Reisekutsche stieg, nickte ihr Lenette bloß zufrieden zu, nachdem sie sich versichert, daß es die Dame Theodata war und keine andere. Sie erlaubte sich nicht, eine Frage an die Herrin zu richten, obwohl sie fürs Leben gern gewußt hätte, was in all den Jahren mit ihr geschehen war.

Am ersten Tag verließ die Freifrau das Bett nicht und wollte niemand sehen als Lenette. Am Morgen des zweiten erhob sie sich, zog ein schönes dunkles Kleid aus schwerem Stoff an und hüllte sich in einen schweren Mantel mit silberner Stickerei. So ging sie lange auf und ab. Dann horchte sie, als ob sie der tiefen Einsamkeit gewahr würde, ergriff ein Hämmerchen und klopfte damit auf eine erzene Glocke, deren Ton dröhnend bis in die entferntesten Räume des Hauses drang. Nach einer Weile erschien Lenette, mißtrauisch blickend, zielloses Mißtrauen war eine Folge ihres Gebrechens, und fragte nach dem Begehr der Herrin. Die Freifrau klagte: »Mich friert, Lenette, was soll ich tun?« Das überraschte Lenette nicht, die Freifrau fror seit ihren Kinderjahren, im Winter und im Sommer, bei Tag und bei Nacht, im Bett und im Bad, am Kamin und im Sonnenschein. So war es am letzten Tag vor der langen Trennung gewesen, so war's noch heute, also hatte alles seine Richtigkeit und seinen Zusammenhang. Wenn sie sagte: mich friert, Lenette, dann wurde, wie damals, ihr kleines Gesicht noch kleiner, der Mund verzog sich weinerlich, die Fußspitzen kehrten sich rührend gegeneinander. Wie sollte aber Lenette dem Frieren abhelfen? Sie lachte gutmütig, zündete Feuer an trotz der Aprilwärme draußen, schleppte wollene Decken herbei und stopfte Stroh in die Fensterfugen.

Als der Bote ohne Geld von Würzburg zurückkam, wußte die Freifrau nicht, was beginnen, der Fuhrmann wurde unverschämt, er saß in der Gesindestube beim Verwalter Wallork und schimpfte über die verlorene Zeit, er sah wohl, was für ein Armeleuteschloß das war, was für eine Armeleutewirtschaft, das machte ihn frech. Schon faßte Theodata den törichten Plan, selber in die Residenz zu fahren und beim Bischof vorstellig zu werden, da kam Lenette mit strahlender Miene und hielt einen Geldbeutel im erhobenen Arm. Den hatte sie im Reisegepäck der Freifrau gefunden, in einer Schatulle, die Schatulle war in einer schmalen

Mahagonikiste gewesen, mitten zwischen allerhand Kram, Wachsbossierungen, Bronzen, astrologischen Karten, einem Zahn von einem Meerfisch, Straußenfedern, zwei indianischen Schuhen, einer Korallenblüte, einem Perspektiv und ähnlichen Dingen, die Theodata in vielen Jahren gesammelt oder geschenkt bekommen hatte. Den Beutel samt dem Geld hatte sie vergessen, und als sie den Inhalt auf den Tisch schüttete und Lenette die Münzen ordnete und zählte, war es eine stattliche Barschaft, zwölf gemeine Dukaten, neun goldene Rosenobel, vierzehn Silbertaler und dreißig Gulden fränkische Währung. Damit war der Not vorläufig gesteuert.

Lenette wurde beim Anblick des Geldes, eines ihr unbekannten Überflusses, immer nachdenklicher und schien manches auf dem Herzen zu haben, womit sie auch nach und nach herausrückte. Sie stellte der Freifrau vor, da sie doch nun so reich sei, möge sie darangehen, sich der Schäden und Mißstände anzunehmen, um die sich niemand geschert und keiner scheren würde, bis nicht eines Tages das Schloß in Trümmer falle. Es war alles verhaust, alles brüchig, alles vermorscht. An Regentagen regnete es durch das Dach in die oberen Flure und Gemächer, und so oft Wallork die Ziegel und Schindeln ausbesserte, der nächste Sturm warf doppelt so viel herunter, denn die Sparren waren angefault, in den Balken haftete kein Nagel mehr. Das Tor ging nicht zu, die Schlote waren eingestürzt, die Türen schlotterten in den Angeln, zerbrochene Fenster waren mit Papier verleimt oder durch Bretter ersetzt, die Schwellen waren wurmstichig, die Dielen zertreten, die Öfen verstopft, in den Mauern saß der Schwamm. Im großen Saal tummelten sich Ratten und Mäuse in vergnügten Herden, im Keller stand das Wasser klafterhoch, der Stall war windschief, und am Ziehbrunnen waren die Randsteine abgebrochen. Sie meine ja nicht, daß das alles gleich in Angriff genommen werden solle, aber fürs Dach und die Schornsteine wenigstens solle man Handwerker aus der Stadt berufen, damit man nicht immer in der Angst schwebe, die ganze Natur wälze sich über einen, wenn man nächtens auf seinem Strohsack liege. Und dann der Saal; der Saal müsse gesäubert und instand gesetzt werden, wohin solle man den Herrn Bischof führen, wenn er wirklich am Walpurgistag zu Besuch kam, wie er durch den Boten habe vermelden lassen.

Die Freifrau wollte von nichts wissen. Sie hörte gar nicht recht zu. Sie ging auf und ab und summte klagend vor sich hin. So oft auch Lenette an diesem und am folgenden Tag wieder anfing, erst zuredend, dann fordernd, dann scheltend, und die Gebresten des Hauses wie solche ihres Körpers bejammerte, die Freifrau hörte nicht zu, ging auf und ab und summte klagend vor sich hin. Da sagte Lenette erbittert: »Und wenn Ihr das alles nicht mögt, Gnaden, so kauft wenigstens dem Junker ein neues Kleid. Seht doch an, was er am Leibe trägt, wie das zerschossen und geflickt ist, seht's Euch doch an.« Theodata hielt im Gehen inne und kehrte Lenette das erschrockene Kindergesicht zu. Sie schürzte ein wenig die Lippen, und hinter dem Schrecken dämmerte das Entsetzen von damals, von jener Nacht her, wo der Sechsjährige, aus einem Traum aufgerissen und vielleicht nur den Traum ins Wachen mit hinübernehmend, die Arme um den aufgedunsenen Hals seines unholdischen Vaters geschlungen. Das war wieder da, sobald sie ihn sah, wiederkehrende Wirklichkeit, gegen die sie blind verzweifelt stieß wie der Vogel an die Wände eines Glashauses. Und sie hatte ihn seit ihrer Ankunft nicht öfter als zweimal gesehen, am ersten Tag, als sie schon im Bett gelegen und der Magister Molitor hatte fragen lassen, ob ihr der Junker seine Aufwartung machen dürfe; da war er gekommen, hatte sich fein verbeugt, hatte höflich gesagt: Grüß Gott, Frau Mutter, hatte sie mit einem Blick angeschaut, als liege sie in einem Busch versteckt, nicht vor ihm im Bett, und war wieder gegangen. Dann gestern am Ziehbrunnen, als sie beim Fenster gestanden war; der Ziehbrunnen, eben der, von dem die Randsteine abgebrochen waren, lag gerade unterm Fenster, fünfundzwanzig Ellen, mehr waren's nicht bis zur Öffnung mit dem geschmiedeten Bogen, woran der Eimer hing. Er trug das verschossene und geflickte Tuchröcklein und ein altes ledernes Barett auf den kohlschwarzen Haaren, die lockenlos über Ohren und Nacken flossen und sich erst am Ende gleichsam aus Gefälligkeit ein wenig ringelten. Er wußte nicht, daß sie hinunterschaute, und sie gewahrte nichts von seinem Gesicht, das der schwarzen Brunnentiefe zugeneigt war, und wenn er die geringste Bewegung machte, zuckte sie ängstlich zusammen. Es kann einer nicht ewig am Brunnen stehn, und als er genug hatte, ging er weg, durchs Tor durch und trotz der einbrechenden Dämmerung gegen Randersacker zu, das war einer von seinen vielen geheimnisvollen Gängen, oft kehrte er erst in der halben Nacht zurück, um an dem händeringend wartenden Magister arglos vorüberzuschlendern.

Auch jetzt zuckte die Freifrau zusammen, als Lenette von ihm sprach. »Nein, nichts soll er haben, nichts will ich ihm kaufen«, sagte sie bestimmt und hart, »da bettelst du vergebens.« Lenette näherte sich ihr mit gekrümmtem Rücken, streckte die Hände wie zwei Schalen vor und rief: »Nicht einmal ein Feiertagsgewand, nicht einmal einen Flaus? Und da schämt Ihr Euch nicht, Gnaden, wo Ihr einen Beutel voll Gold habt?« Die Freifrau antwortete: »Nein, auch keinen Flaus soll er haben.« Lenette geriet in Zorn. Sie ging zum Tisch, griff in die Lade, in der der Beutel war, nahm ihn heraus und sagte: »So gebt mir wenigstens einen Taler, daß ich ihm ein Paar neue Schuhe kaufen kann.« Kaum hatte die Freifrau gewahrt, daß sich Lenette des Beutels bemächtigt hatte, so sprang sie hin, entwand ihn ihr und sagte starrsinnig: »Nein, du sollst ihm keine neuen Schuh kaufen und sollst mein Geld in Ruh lassen. Und daß du siehst, daß es ums Geld nicht ist, werf ich's in den Brunnen hinunter.« Damit riß sie das Fenster auf, und ehe die bekümmert auf-schreiende Lenette es hindern konnte, schleuderte sie den Beutel hinab. So gut hatte sie in ihrem irren Eifer gezielt, daß der Beutel geradewegs in das dunkle Brunnenloch fiel.

»Was habt Ihr da getan, Gnaden?« flüsterte Lenette scheu und be-kreuzigte sich.

»Geh' nur«, sagte die Freifrau und winkte.

Als Lenette traurig hinausgeschlichen war, ließ sich Theodata auf einem Schemel nieder, legte das Gesicht in beide Hände und begann zu weinen. Die Tränen wollten überhaupt nicht aufhören zu fließen, eine Stunde verging, und sie weinte immer noch, als ob ihr der liebste Mensch gestorben wäre, hätte sie einen liebsten Menschen nur gehabt. O das Wirkliche, das Nahe, das Jetzt! Wie war doch alles so wirklich und so jetzig um sie; kein Gestern, kein Morgen, nicht einmal ein Heute, nur ein Jetzt, und kaum war das da, wieder ein Jetzt. Lauter Löcher, in die man hineinfiel, eins nach dem andern, und jedes so tief wie der Ziehbrunnen.

Während sie noch weinte, öffnete sich die Tür und der Junker Ernst kam herein, langsam, mit einer Art von Vorsicht. Er war durch den Flur geschritten, da gewahrte er im Halbdunkel Lenette. Diese kniete vor der Schwelle, schon seit geraumer Zeit. Sie hörte es nicht, aber sie ahnte, daß die Freifrau in der Stube saß und weinte. Es mußte so sein, nun mußte sie drinnen weinen, wenn nicht die ganze Welt verdreht war. Indem sie ihr Ohr gierig an die Tür drückte, fühlte sie sich an der Schulter angerührt, und als sie emporblickend den Junker gewahrte, erhob sie sich, zog ihn zur Stiege und berichtete ihm, der Frau Mutter sei ein Beutel mit Gold in den Brunnen gefallen, brachte es so vor, als sei es aus Unbedacht geschehen, und deshalb sitze sie in der Stube drin und gräme sich. Denn Lenette wünschte, daß der Junker zu seiner Mutter hineinging und mit ihr redete, damit die unheimliche Erstarrung von ihr genommen würde, in der Lenette ein pures Teufelswerk sah. So geschah es auch; Ernst befolgte die Weisung der alten Magd. Leise ging er zu dem Schemel hin, auf dem die Freifrau hockte, sah eine Weile nachdenklich auf sie herab, berührte sie dann mit derselben Bewegung an der Schulter, wie er es draußen bei der tauben Lenette getan, und sagte mit seiner schmeichelnd-tiefen Knabenstimme: »Getröstet Euch, Frau Mutter, Ihr müßt Euch nicht kränken um den Beutel mit Geld. Es ist nur dann schade drum, wenn Ihr drum weint. Hört auf zu weinen.« Indem er ihr so zusprach, kauerte er sich neben ihr auf den Boden nieder, blickte mit seinen Augen, die so braun und so groß wie Kastanien waren, ruhig zu ihr empor und wiederholte: »Hört auf zu weinen. Das macht alt und häßlich, und Ihr seid jung und schön. Wenn Ihr nicht mehr weint, will ich Euch eine Geschichte erzählen ... Merkt nur auf, ich will Euch eine Geschichte erzählen ...«

7.

Wie die Erdrinde und jede Frucht ihre verschiedenen Schichtungen hat, von denen die einzelne immer einen vergangenen Zustand bezeugt und einen künftigen erwarten läßt, so hat auch, gemäß der Idee, welche die Natur bei allen ihren Gestaltungen verfolgt, die Menschenseele ihre zahlreichen abgetrennten, doch aufeinander bezüglichen Lagerungen, besonders was ihr geheimes Werden und dem Wissen entzogenes Leben betrifft. Bei vielen liegt dieses Traumwirken dicht unter der Oberfläche und zerrinnt beim ersten Anprall des Tages und der Welt; bei andern wieder treibt es seine Wurzeln in größere Tiefen, so daß die Gegenwartsmächte sich härter mühen müssen, es herauszuheben; jedem ist da sein eigenes Gesetz eingepflanzt worden; bei einigen Seltenen hat es sich in solche Abgründe gewühlt, daß alle anstürmenden Kräfte nichts dawider vermögen, und ein solcher Mensch ist nur leiblich als ein Ganzes geboren, sein Sinn und Geist wohnt außerhalb der Welt, oberhalb oder unterhalb ihrer, und das war wohl auch die Ursache, daß der Junker Ernst bis in sein sechstes Jahr beinahe ohne Sprache blieb. Nach dem

Tod des Vaters und der Trennung von der Mutter konnte er sich nur über das Notdürftigste verständigen, und was nicht Mienenspiel und Auge war, blieb stumm. Die Veränderung seines Lebensschauplatzes, aus dem lärmenden Gassengewirr der Kaiserstadt in die fränkische Einsamkeit, schien kaum sein Inneres zu berühren, ließ ihn nicht einmal aufmerken, und damals hatte der Magister Onno Molitor sich häufig der Befürchtung zu erwehren, ob er in seinem Zögling nicht ein von Geburt schwachsinniges Geschöpf vor sich habe. Beim Unterricht blickte der Knabe umsehend vor sich hin, lächelte, wo nichts zu lächeln war, staunte, wo nichts zu staunen war, und mit acht Jahren redete er noch von sich selber in der dritten Person und mit erfundenen, vielleicht auch aufgeschnappten Namen, zum Beispiel der Heimerlein, der Schattenzart oder das Kniehupferlein. Wenn er in einem Winkel kauerte und in sich hineingrübelte und dann wie aufwachend zusammenhanglose Sätze murmelte, schien es oft, als seien aus der frühen Kinderzeit Begriffe in seinem Hirn und Dinge in seinem Aug verblieben, Farbiges und Prunkvolles, Gärten, Paläste, nächtliche Fackelzüge, straßenfüllende Kavalkaden, schöngeputzte Frauen, das feierliche Innere einer Kirche, ein lichterstrahlender Saal, daneben auch Düsteres und Schreckliches, und als ob er um diese Bilder tief unten im Bodenlosen ringe, mit gestammelten Wörtern ohnmächtig hinter ihnen her taumle.

Hiezu kam, daß in jenen frühen Jahren, wo seine Verlassenheit das Herz der tauben Lenette rührte, ihn die nicht selten am Abend auf den Schoß nahm, vor dem Herd, in dem die Holzscheite brannten, während an den verrußten Mauern und über das Tonnengewölbe der Decke unruhige Schattenfetzen zuckten, und ihm Geschichten erzählte, schnurrige, gruselige, abenteuerliche Geschichten von fluchbeladenen Prinzen und verzauberten Prinzessinnen, Höhlengeistern und weißen Frauen, Hünenbergen und Judensteinen, von Fridigern und von der Bamberger Wage, von den Semmelschuhn und vom Buttermilchturm. Alles dies hatte er damals nicht auffassen können, so hatte es wenigstens geschienen, wie ein verbogener Klotz hockte er auf den Knien der Lenette, stocherte töricht mit einem Spreißel zwischen den Herdziegeln, und das Erzählte war nicht mehr, als bliese man über seine Augenlider hin. Doch täuschte der Anschein, das bunt- und dunkelphantastische Wesen traf ihn, die Tiefe unten saugte es ein, um es aufzubewahren, und wenn er seine eigentümlichen Spiele trieb, kam es hervor wie im Februar grüne Halmspitzen aus dem Boden. Allem verlieh er Leben, den Äpfeln in der Apfelkammer, dem silbernen Reif an seinem Finger, den Seifenblasen am Strohhalm, der träufenden Dachrinne, dem Spinnrad und dem Schöpflöffel; mit allen Dingen redete er und erst recht mit den Tieren, mit Kuh und Katze, Storch und Schwalbe, denen er Zeichen gab, die sie erwiderten und für die er Sprüche wußte und mancherlei Beschwörungen. In jeder Beschäftigung verharrte er stundenlang und mußte immer von außen weggezogen werden, so daß der Magister kein Ende fand mit Mahnungen und Strafen und die Lenette mit Fürbitten und Wehklagen. Voll Eifer scharrte er Eicheln und trockene Beeren zusammen und trug sie in sein Bett, um sie abends vor dem Einschlafen, wenn die Decke über seinen gespreizten Knien ein ungeheures Gebirge bildete, Schluchten und Täler, mit geschäftigen Fingern, von denen jeder ein im Schnee verirrter Wandersmann war, in entlegene Felsgegenden zu verbringen, indes der Hauch aus seinem Mund Orkan war und das Ausstrecken der Beine Wirkung göttlichen Zorns, der den Berg in ein Blachfeld verwandelte. Spät kam der Schlaf nach solchen Ergötzungen. Er hatte innen zu viel zu tun, zu schauen, zu ordnen. Wenn im November der Sturm das Gebälk zittern machte und im Januar die Wölfe draußen bellten, wenn im Mai der gelbglühende Mondteller von einem Fensterrand zum andern rollte und im zitternden Licht die Fäden auf dem Bettüberzug sich wie zahllose winzige Füßchen bewegten, die davonlaufen wollen und nicht können, da mußte er lauschen und spinnen und spielen und an die Sterne denken und auf die Erdgeister warten. Alles verwandelte sich, wenn er's nur nannte, alles vergrößerte sich auf dem Weg vom Hören zum Wiederhören ins Unermeßliche, alles war anders, wenn er's ergriff, als wenn er's sah. Der Regentümpel im Hof wurde zum grenzenlosen Gewässer, die Vorstellung davon überwältigte ihn bis zum Schaudern, und alsbald war das Gewässer ein handelndes Wesen mit Gesicht und Stimme. Er hatte kaum vom ersten Menschen gehört, da kroch er in den dumpfen Bretterstall zu den Kühen und war der Adam im Paradies, der mit Löwe, Schlange, Reh und Auerstier in seligem Verständnis hauste. Der Amboß klirrte von den Schlägen Wallorks, er lief zur Lenette und berichtete ihr mit hochgeründeten Brauen, den Mund an ihrem Ohr, der Meister Grimmerlein stehe draußen und brülle um seinen Blutzins. Wer war der Meister Grimmerlein? Ein Meister von Junker Ernsts Gnaden. Und was war der Blutzins? Niemand wußte es, auch er selber nicht. Lenette lachte ihm ins Gesicht. Sie gewöhnte sich bald daran, ihn seiner lügenhaften Erfindungen wegen zu verlachen; er brauchte sie bloß anzureden, so grinste sie schon, und sobald er den Mund aufmachte, sagte sie trocken: »Das glaub ich nicht.« Das reizte ihn auf, und er überbot sich in schreckhaften und wunderlichen Einfällen, in blühenden Übertreibungen und Ausdenken von Erlebnissen, die er gehabt haben wollte. Bald hatte er solche Geschicklichkeit darin, daß es ihm immer öfter gelang, die gute Lenette anzuführen; mit heimlichem Entzücken spürte er, wie sie zweifelte, seinen Worten allmählich unterlag und von Furcht erfüllt oder von Erwartung gepackt wurde, während sie ihm gleichzeitig ihr trotziges: »Das glaub ich nicht« zurief. Als er einmal so weit war, versuchte er es beim Verwalter Wallork, bei den Schafhirten, den Kärrnern und den Jägern und schließlich wagte er sich auch an den Magister Molitor. Er wagte es, weil er im Ausdruck nach und nach eine Rundheit und Flüssigkeit erworben hatte, die ihn selbst berauschte, wie einen Schwimmer die eigene Gelenkigkeit kühner und ausdauernder machen kann; jeden Tag wußte er neue Worte und Bezeichnungen, Eigenschaften, Farben, Zustände, Vorgänge. Die Worte stürzten über ihn her, daß ihm zumute war, als stehe er in einem Wasserfall, der ihm den Atem verschlug. Sämtliche Dinge zwischen Himmel und Erde begriffen sie in sich; man konnte sie durcheinanderwerfen wie Spielsteine; jedes bedeutete was, hinter jedem türmte sich Geschehnis auf, unendlich war Verbindung und Verknüpfung, vielfältig machte einen das leiden und freuen. Zu einer gewissen Zeit begann er, die Bücher und Folianten des Magisters in dessen Abwesenheit durchzublättern; es kam ihn die Lust am Lesen an; in unverständlichen Abhandlungen und philosophischen Traktaten sogar fand er das Schillernde, Regenbogenhafte, Bewegte, aus dem sein Geist Nahrung sog; die bloßen Zeichen genügten oft schon, die Formel; er lockerte sie auf, nahm, was er suchte und was er fand (auch wenn es nicht drin war), heraus und warf die Hülsen weg. Waren es aber Stiche und Bildnisse, ein Ritter, ein geflügelter Drache, ein Engel auf einer Wolke, Pharao, wie er den Joseph ehrt, da wurde ihm heiß und kalt, er war gleich selber Ritter oder Drache, selber der edle Joseph, in atemlosem Glück der ruhevolle Engel. Dann saß er bei Wallork und log dem staunend Aufhorchenden vor, oben im Saal sei ein Mensch in goldener Rüstung auf ihn zugeschritten, habe sich Fürst des Morgenlandes geheißen und ihm befohlen, sieben Jahre und sieben Tage gegen Osten zu wandern, am Ende dieser Zeit werde er was Großes erfahren. Den Schäfern und Jägern erzählte er, ein graubärtiger Alter sei im Verlies der Rottensteiner Burg eingekerkert, man höre ihn zur Mitternacht rufen und stöhnen, und einmal habe er ihm anvertraut, er wisse einen vergrabenen Schatz, aber wenn der Bischof davon Kunde erhalte, werde er ihn erwürgen lassen. Wenn die Leute ungläubig den Kopf schüttelten oder ratlos dreinschauten, schilderte er Gesicht, Haltung und Sprache des Gefangenen so ausführlich und genau, schmiegte sich so listig in die Einbildungskraft der Zuhörer, daß die arglosen Menschen stutzig wurden und das böse Gerücht im Land herumtrugen, obschon sich nachher das Spukgebilde als zu schemenhaft selbst für das wahnvolle Volk erwies. Dem Magister Molitor ging er dann, durch Probe und Übung gestärkt, schon wesentlicher zuleibe. Er entwendete ihm eines Tages ein altes Pergament mit schön gemalten Initialen, ein seltenes Exemplar, das für Herrn Onno großen Wert besaß; ein Augustiner hatte es ihm für geringes Geld überlassen. Diesen Umstand kannte der Junker. Mit erstaunlicher Wahrheitsmiene erzählte er dem Magister, als dieser von einem Besuch beim Propst Lieblein in Würzburg zurückkehrte, der Mönch sei dagewesen, habe ihn mit drohenden Gebärden angefahren und von ihm gefordert, daß er ihm augenblicks das Pergamentum herausgebe, er habe es wohl an den Magister verkauft, habe aber nicht gewußt, daß derjenige, der es besitze, zu jeder Zeit, bei Tag wie bei Nacht, unverwehrten Einlaß bei allen Königen der Erde wie auch beim heiligen Vater in Rom habe, daß er ferner in voller Leibes- und Lebenssicherheit durch alle Länder reisen könne, in denen Krieg oder Pest wüte. Zuerst habe er, Ernst, behauptet, er wisse nichts davon, weil sich aber der Mönch gar verzweifelt aufgeführt und ihm mit endlosen Bitten und heftigen Reden zugesetzt, habe er sich verschnappt und ihm dann den Platz gewiesen, wo die wundertätige Rolle lag; der Mönch habe sie genommen und sei verschwunden. Magister Onno lauschte dem merkwürdigen Bericht mit finsterer Ungeduld, eine braune Zornader schwoll auf seiner Schläfe, er nahm den Junker scharf ins Verhör, wieder und wieder, trat des Nachts an sein Lager, riß ihn aus dem Schlaf, um ihn mit Fragen zu überfallen, hielt ihm vor, daß niemand im Schlosse zu der angegebenen Stunde den Mönch erblickt hätte, wies ihn auf die Ungereimtheit seiner Angaben hin, bedrängte ihn mit Erbitterung und mit Milde, schlug ihn am Ende sogar mit der eisernen Rute: es war umsonst, der Junker setzte allem eine Miene entgegen, als begriffe er den Zweifel nicht, brachte täglich neue, überzeugendere Umstände vor, und nicht nur das, spann auch mit einer Unverfrorenheit, die nur von seiner beständig wachsenden, seltsam anmutigen Beredsamkeit übertroffen wurde, den Faden weiter, stürzte eines Morgens erregt und blaß in die Stube des Magisters, verkündend, der Mönch sei ihm begegnet, habe ihn mit geflüsterten Worten in den Wald gelockt und ihm einen Schwur abverlangt, daß er ihn nicht verraten wolle, dann sei er erbötig, das Pergament wieder zur Stelle zu schaffen, doch müsse auch der Magister am dritten Tage von heute an beim Aufgang des Mondes unter der großen Pappel beim Wegeinnehmerhaus einen Eid schwören, daß er den Dieb fernerhin weder verfolgen noch bezichtigen werde; betrete er hierauf seine Kammer wieder, so werde er die Zauberrolle auf dem alten Platz finden.

Der Magister weigerte sich ergrimmt, den Hokuspokus zu verüben, denn er war ein weit über seine Zeit aufgeklärter Mann, richtiger Philosoph und Anhänger des Aristoteles, doch der Junker wußte ihm so stürmisch, so schmeichlerisch zuzureden, daß er, nur um zu sehen, was daraus entstünde, zu tun versprach, was von ihm begehrt wurde, nicht ohne stillen Vorsatz, das unerforschliche Treiben des Junkers aufzudecken, und nicht ohne sich selber zu grollen, weil er von der Art und Rede des Zwölfjährigen bezwungen und umgarnt war wie noch von keinem Menschen zuvor. Als nun die Stunde kam, wo das Gelöbnis abgelegt werden sollte, war es mit dem feierlich angesagten Mondaufgang nichts, wohl aber herrschte ein heftiges Gewitter, der Regen schüttete in wahren Bächen herunter. Der Magister tat, als schrecke ihn das nicht im geringsten, Ernst hingegen, auf dessen Gemüt Blitz und Donner stets gewaltigen Eindruck machten, hatte etwas Zauderndes in seinem Wesen und schien in Gedanken verloren. Als sie nun beide unterm Haustor standen und in das tobende Unwetter hinausschauten, fuhr ein Blitz nieder, der den Schloßhof, den Brunnen, die Mauer und weit drüben ein Stück Forst in schwefelgelbes Licht tauchte. Der Junker prallte zurück. Da legte ihm der Magister die Hand auf die Schulter und sagte: »Vorm Angesicht des Elements, Junker, wollt Ihr nun als Wahrheit aufrechterhalten, was Ihr mir angegeben habt? Sprecht und seid redlich mit mir.« Der Knabe blickte mit verträumtem Trotz zu Boden; plötzlich, bei einem abermaligen Blitz, erhob er seine Augen, die wie zwei schwarze Juwelen funkelten, und erwiderte: »Ich hätt es Euch ohnehin bekannt, wenn die Geschichte zu Ende war. Eine Geschichte muß aber doch ein Ende haben.« Es war nicht Schuldbewußtsein, es war Anruf und Sichbehaupten in seiner Stimme. »Wie denn das?« stammelte Magister Onno. »Eine Geschichte? Nicht Lüge, nicht Hinterhältigkeit und boshafte Hintergehung, eine Geschichte?« Der Knabe erhob die Hände gegen ihn, und in den verrollenden Donner hinein rief er: »Ja, ich hab Euch eine Geschichte erzählt, nichts anderes.« Der Magister schwieg. »Und ist's Euch nicht leid, daß sie kein Ende hat und doch schon aus ist?« fragte treuherzig der Junker.

Der Magister, von allen Geistern der Pädagogik verlassen, blickte den Junker sprachlos an. Als er in seine Stube kam, lag das Pergament wieder dort, wo es immer gewesen war.

8.

Von diesem Tag an lösten sich die Erfindungen und Eingebungen seiner Phantasie vom Wirklichen und den Menschen seiner Umgebung langsam ab, wie sich der Efeu vom Boden erhebt, wenn man ihm einen Halt anweist, von wo er gegen die Höhe wachsen kann. Geschichten erzählen, das war sein Ein und Alles, und vermutlich war er erst in jener Gewitternacht zum Wissen oder Ahnen davon gekommen, was das war, eine Geschichte. Daß man sie nicht hineinflicken durfte in den gemeinen Tag wie ein buntes Stück Stoff in ein abgeschabtes Gewand, daß sie selber ein schönes Gewand sein mußte, und der es verfertigte ein geschickter Schneider, und dem man es an den Leib paßte, einer, dem es auch gut zu Gesicht stand und der seine Freude dran hatte. Lange Zeit verging, vielleicht ein Jahr, da verhielt er sich überhaupt ziemlich still; es war, als schaue er sich vieles an und überdenke viel; beständig lag er Herrn Onno in den Ohren, er solle ihm Bücher verschaffen, Bücher, in welchen zu lesen sei, wie die Menschen leben, nicht die Menschen, die um ihn herum waren, sondern traumhafte Leute in fernen Ländern, Türken, Schweden und Engländer, auch die in der neuen Welt, aus der die goldbeladenen Schiffe kamen, wie er vernommen hatte; vom König Heinrich von Frankreich und seinem Mörder wollte er wissen; davon hatte der Magister einmal gesprochen, und des Junkers erregbarer Geist formte Bild auf Bild aus der bloßen Erwähnung. Herr Onno ließ sich erbitten und gab ihm ein spanisches Ritterbuch und eine Beschreibung vom Turnierstechen in Cambrai; da lag Ernst die halbe Nacht bäuchlings bei dem Öllicht, das immer in seiner Stube brannte, weil er sich vor der Finsternis noch als Dreizehnjähriger dermaßen fürchtete, daß er Krämpfe bekam, wenn er im Finstern einschlafen sollte oder erwachte; da lag er mit glühenden Wangen, der starre Zeigefinger glitt Zeile um Zeile übers Buch, und sein ganzer Körper war schweißbedeckt. Der Magister wurde des Wesens nicht mehr Herr; er stand davor und wußte sich nicht zu helfen; seine Ratlosigkeit wuchs, als der Knabe dann auf einmal im Haus nicht mehr zu halten und, kaum daß der Unterricht zu Ende war, entlief. Schnee und Regen konnten ihn nicht hindern, seiner mangelhaften Bekleidung achtete er nicht; er streifte durch den Wald nach Norden, über die Weinberge bis ins Maintal hinunter, kannte bald alle Dörfer und Gehöfte im Umkreis von zehn Stunden, schloß sich an allerlei Vagabunden an, saß bei den Bauern auf dem Feld oder, wenn sie droschen, in der Tenne, trieb sich auf den Jahrmärkten herum und vergaffte sich in Zigeunervolk und Possenreißer; wurde der bittern Not inne, von der die Menschen bedrückt waren, hörte die Klagen, die Seufzer, die Hoffnungen, die Gebete, sah Unrecht und Verstellung, Gewalt und Tod, tat eins zum andern wie viele kleine Gewichte, die zusammen ein großes ausmachen und mit denen man auf der Schicksalswaage die eine Schale beschwert, um die Last der andern zu heben und das Zünglein in die Mitte zu bringen. Was sich aber daraus ergab, war der Antrieb, von einer Welt Kunde zu geben, die eine andere war als die schlechte traurige und häßliche, die er sah und in der er so viele in unstillbarer Betrübnis sich mühen sah, von einer, die in ihm drin war wie ein Beet voller Blumen in einem Garten, von dem keine Seele was wußte. Es begann an einem Sommerabend, den Tag vor Fronleichnam; er ging durch das Dorf Günthersleben und hörte von einer Bretterbude her, wo für den Festtag Hühner gebraten wurden, Lärm und Geschrei, gewahrte näherkommend eine Menge Menschen, und ein Weib, die Budenbesitzerin, schrie auf einen Mann ein, den ein paar Burschen festhielten. Es stellte sich heraus, daß der Mensch einen der gerupften, noch nicht gebratenen Vögel von einer Stange, wo sie hingen, weggestohlen hatte; die Frau erspähte ihn gerade, als er die Flucht ergreifen wollte, mehrere herumstehende Kinder liefen ihm nach und hielten ihn auf; er sah recht verwahrlost aus, und wahrscheinlich war er unsäglich vom Hunger geplagt, denn er hatte das kurze Stück benutzt, noch dazu im Laufen, um den Hahn aufzureißen und was ihm von dem blutigen Innern in die Hand geriet, gierig zu verschlingen. Als das jammernde Weib hernach den Schaden besichtigte, fehlte eigentlich nur das Herz, das Herz hatte der hungrige Dieb verzehrt. Scheu standen die Kinder abseits, die ihn verfolgt hatten, Knaben und Mädchen im Alter zwischen neun und zwölf. Ernst trat auf sie zu und sagte: »Dem ist nicht wohl zumut, wenn einer ein Herz ißt, muß er alles vergessen, was mit ihm gewesen ist.« Die Kinder blickten ihn neugierig an, er lächelte und fuhr fort: »Ich will euch erzählen, wie das kommt, ich will euch die Geschichte von dem erzählen, der seines Hundes Herz aufgegessen hat.« Er setzte sich unter die Linde, die nahebei war, die Kinder versammelten sich um ihn, und je länger er erzählte, je gebannter hingen sie an seinen Lippen. Es war eine verhältnismäßig einfache Geschichte, aus dem lebendigen Anlaß herausgesponnen und unterstützt durch den alten Volksglauben, von dem er gehört, daß das Herzessen vergeßlich macht. Aber dazu erfand er passende Begebenheiten, von einem Jüngling, der nicht mehr weiß, wo sein Elternhaus ist, von einem Klausner, der in Gläsern viele Herzen von Menschen und Tieren aufbewahrt, von einem Waldgeist, der alljährlich in eine Landschaft verheerend einbricht und dem man das zerriebene Herz einer frommen Magd in den Wein gibt, wodurch erreicht wird, daß er den Weg vergißt und im Dickicht gefangen werden kann. Dies alles, sinnvoll verbunden, wie es ihm der Augenblick eingab, wurde zu einem schwebenden Gebilde, dessen Vortrag die jugendlichen Zuhörer mit Entzücken lauschten. Und da er dies einmal genossen hatte, Ziel leuchtender, gläubiger, dankbarer, ergriffener Blicke zu sein, verlangte ihn danach, es wieder und wieder zu genießen. Bald hatte er seine Lauscherschaft in allen umliegenden Flecken, Weilern und kleinen Städten, von Klingenberg und Wörth bis Esselbach und Tiefenstein, von Rothenbuch und Heimbuchenthal bis Hafenlohr und Marktheidenfeld. Wenn er von weitem in Sicht kam, liefen ihm seine Kunden schon entgegen; viele hatte er vielleicht erst mit dem Gefühl ungeduldiger Erwartung bekannt gemacht; sie lachten ihm zu, umringten ihn, brachten ihm Birnen, Trauben, Pfefferkuchen, Honigzucker; er setzte sich auf eine Gartenmauer, unter einen Baum, bei schlechtem Wetter in einen Scheunenwinkel, in eine Schifferhütte am Main, unter eine Brücke; sie alle um ihn her. Und nun hieß es: Erzählt, Junker; vom Daumenklein; von der Sternenjungfrau; vom Hinzelmann; vom wilden Jäger; vom Moosweibchen; vom Eppela Gaila; vom Rothensteiner Schatz; vom Riesen Hidde. Aus jedem Mund ein besonderer Wunsch, aber sie einigten sich dann oder wurden vielmehr still, wenn der Junker anhub, bedächtig und lehrsam, mit schalkhafter Umständlichkeit, mit einem Atemholen, das auf Grausiges vorbereitete. Selten erzählte er, was die erregt Gespannten forderten, was ihnen schon Phantasiebesitz geworden war, so daß sie, deshalb nicht weniger hingerissen, Zug um Zug vorauswußten und sich darauf freuten, wenn die überraschende Wendung kam; ihn selbst lockte das Neue, und aus Sage, Legende, Geschautem, Geträumtem zauberte er Niegehörtes hervor, als ob sein Geist jahrhundertealt und sein Gedächtnis erfüllt wäre von allen Erlebnissen des menschlichen Geschlechts. Er konnte sich so von einem ins andre verlieren, daß oft die Dunkelheit hereinbrach, und keiner der Zuhörer merkte was davon; es war Licht, wenn er was Heiteres, und finster, wenn er was Trauriges erzählte, das hing nicht vom wirklichen Tag und Abend ab. Bisweilen hörte man ein kleines Mädchen seufzen oder ein Bübchen weinen, oder sie lachten allesamt herzlich, wenn der Anlaß kam, wenn der Bösewicht seine gerechte Strafe empfing, der heimtückische Zwerg die verdiente Züchtigung. Alle waren eines Herzens, und man hörte das gesammelte Herz freudig schlagen, wenn der unglückliche Sohn, der von neidischen Brüdern um sein Erbteil war gebracht worden, nach vielen Fährnissen und überstandenem zauberischen Trug endlich zu Glück und Ansehn gelangte. Es gab bestimmte Figuren, die er selbst erdacht hatte und die immer wiederkehrten, in verschiedenen Handlungen; Gustav, der Pfeifer, Margret, das blinde Edelfräulein, Helmweiß, der schweifende Ritter, Siderlist, der Magier. Nannte er einen dieser Namen, so ging ein Aufatmen durch die Reihen, die Leiber beugten sich vor, jeder wußte: jetzt kommt das Besondere. Manchmal wurden die Angehörigen besorgt und hielten Nachschau, wo die Kinder steckten; es geschah dann nicht selten, daß sie, statt der späten Unterhaltung ein Ende zu bereiten, sich selber niederließen, gefangen vom Wort und der Gabe des Junkers. Solche Rede hatten sie noch nie vernommen; wer hätte je zu ihnen wahrhaft geredet; was wußten sie vom Schicksal, kannten sie doch von ihrem eigenen kaum den Schatten; was hatten sie erfahren vom Geheimnis der Welt, von unsichtbaren Boten, von diamantenen Palästen, von den Gewalten, die in unscheinbaren Pflanzen schlummern, in Schlehdorn und Marktdorn, in der Haselnußstaude, im Löwenzahn; hatten sie Ahnung davon gehabt, so war es nur von der Unheilsrichtung her; daß es andere Fügung gibt, zum Glück und zur Erlösung, wußten und glaubten sie nicht. Nun erfuhren sie es. Wie geisterhaft, es Bild um Bild vor Augen zu haben; daß das möglich war;

daß man den König Heinrich von Frankreich tatsächlich sah, und wie seine schöne Königin, eine Fee, das Zepter ergriff und die Sonne wieder aufgehn ließ, die seit dem unmenschlichen Mord in einer Bergschlucht begraben lag, und wie die Edlen zu Hof zogen, um ihren Herrn zu rächen. Da verstand man erst die Welt, lernte begreifen, wie es bei den Fürsten zuging. Alsbald wurde es so, daß ihm nicht bloß die Kinder auf Schritt und Tritt folgten, wenn er sich irgendwo blicken ließ, sondern er hatte auch unter Erwachsenen einen festen Anhang, allerdings nur ein Dutzend Personen etwa, aber die waren immer in seiner Nähe und fanden sich auf die wunderbarste Weise zu ihm, sobald er Schloß Ehrenberg verließ, zum Beispiel der Silberhans, ein Spielmann aus Veitshöchheim, der Christophorus Barger, ein ewig betrunkener Studiosus aus Schwanfeld; der Batsch, ein ehemaliger Würzburger Rotgerber und andere noch.

Von allen diesen Vorgängen erhielt der Magister nach und nach genügend Kunde, um in Zorn und Kummer zu geraten, auch in beständige Furcht wegen der Verantwortung, die er trug. Mußte er doch täglich gewärtig sein, daß man ihn über das unsinnige Treiben seines Zöglings zur Rechenschaft verhielt. Es war zu jener Zeit nicht nur nicht üblich, sondern geradezu schimpflich, daß irgendein Mensch, geschweige denn ein Edelmannssohn, auf Landstraßen und in den Dörfern herumwanderte; wer auf blanker Erde Fuß bei Fuß setzte, der verunglimpfte sich und erlitt Einbuße an seiner Ehre. Aber es half nichts, dies dem Junker vorzusagen; es half keine Mahnung, keine Züchtigung; ebensogut hätte man versuchen können, einen jungen Adler mit Zwirnsfäden an einen Wegweiser zu binden.

9.

Es mußte dem Pater Gropp erwünscht sein, daß der Bischof umfassende Belehrung erhielt, denn er selbst war hinlänglich belehrt; er hatte sich in seiner Weise um die Führung des Knaben gekümmert, indem er sich Gerüchte zutragen ließ, den Magister ins Verhör nahm, den er zu diesem Ende in den letzten Monaten öfters vor sich beschieden hatte, einmal auch durch einen Besuch, den er unerkannt auf Ehrenberg gemacht, bei welcher Gelegenheit er den Junker genau beobachtet und die geheimnisvolle Abneigung, die ihm der Knabe eingeflößt, seit er von ihm wußte, befestigt und verstärkt hatte.

Den Magister machte das herrische Verlangen betroffen, da er doch dem Pater Gropp unter vier Augen schon mehr eingestanden und zugegeben hatte, als seine Absicht gewesen war und er in seiner engen Geradheit die Schachzüge des Jesuiten nicht zu durchschauen vermochte. Er begann zu stottern, brachte etwas von diffiziler Komplexion vor, legte die Hand auf die Brust und beteuerte, die Grundlage sei gut, obschon gewisse Eigenschaften der natürlichen Verfassung zuwiderliefen und wie das Unkraut auf gepflegtem Acker das edle Saatgut überwucherten. Pater Gropp runzelte finster die Brauen und schnitt den rhetorischen Schwall ungnädig ab. Der Magister möge zur Sache kommen; was für Eigenschaften habe er im Sinn? Dem Herrn Bischof sei nicht zuzumuten, daß er sich durch irreführende Beschönigungen erst den wesentlichen Kern suche. Der Vorwurf gegen den Junker, worin gipfelt er? Heraus mit der Sprache, Magister Molitor, Seine Gnaden wird die betrüblichste Kunde zu ertragen wissen und prüfen, was zur Heilung eingerissenen Übels zu geschehen hat. Welcher Vorwurf also? Die Unwahrhaftigkeit, über die bereits so viel Klage ergangen? Der nicht zu dämmende Hang zu allerlei Fabeleien, zur Verdrehung und böslichen Erfindung, zum leichtfertigen Schabernack? Die Neigung zu Libertinage und Landstörtzerei? Die Sucht, sich mit allerlei anrüchigem Volk gemein zu machen, niedrigen Belustigungen beizuwohnen, in Schenken und auf Jahrmärkten zu lungern? Oder noch anderes? Der Widerwille gegen alle Art von geistlicher Unterweisung, oft bis zum Spott sich erfrechend? Heimliche Beschäftigung mit gottlosen Druckschriften, Aventüren und Versbüchern? Trägheit in der Ausübung alles Förderlichen? Unziemlicher Trotz bei jedem Aufruf zu Ordnung, Pflicht und Sitte? Dies oder noch Verwerflicheres gar, Gefahrdrohenderes? Bei jeder der in Frageform gekleideten Schuldfestsetzungen, durch die der Pater vor den Ohren des mürrisch dreinschauenden Bischofs den Umfang seines bis dahin verhehlten Wissens plötzlich entschleierte, als käme es auf Plötzlichkeit und Überrumpelung eben an, knickte der Magister um ein Stückchen mehr zusammen. Die Vergehungen des Junkers in Bausch und Bogen zuzugeben, hatte er nicht den Mut, erstens nicht im Hinblick auf seine jahrelangen erzieherischen Mühen, die damit als vergeblich gekennzeichnet waren, zweitens aus Furcht vor dem Verlust von Brot und Amt, drittens aus geheimer Zuneigung für seinen Zögling. Auch verdroß ihn die schneidende Härte des Jesuiten nicht wenig. Andrerseits konnte er nicht leugnen, was man im ganzen Bistum über den Junker von Ehrenberg wußte und was er in seiner Bedrängnis oder bloß aus schwatzhafter Wichtigtuerei dem Ankläger selbst hinterbracht hatte. Da aber zwei strenge Augenpaare auf seine Antwort warteten, mußte Antwort erfolgen. Die Finger gegeneinandergespreizt, den Rücken gekrümmt, äußerte er, es seien möglicherweise Zustände krankhafter Natur, aussetzende und ansteigende Tribulationen, gleichsam Erhitzungen des Gehirns; ohne Zweifel sei eine verhängnisvolle Gewöhnung vorhanden; diese aber mit dem Titel Lügenhaftigkeit zu belegen, müsse er nach reiflicher Erwägung Abstand nehmen. Noch viel weniger könne er es über sich bringen, es als Laster zu brandmarken, da er zu keiner Zeit die Hoffnung auf Besserung fahren gelassen, während das Laster nach der Meinung aller kompetenten Seelenforscher quasi etwas Unverrückbares sei. Halte er sich die Reihe der Indizien vor Augen, die wider den Junker vorlägen, so könne eigentlich nicht sowohl von einer lügnerischen Verderbnis gesprochen werden als vielmehr von einer unbegreiflich rätselhaften Geistesversponnenheit, um nicht zu sagen Ungegenwärtigkeit des Geistes, Verschlossenheit der Anima wie bei Mondwandlern und Aufhebung ihrer gemeinen Gesetze. Ein Blick in das Gesicht des Jesuiten erschreckte den Magister und ließ ihn ahnen, daß er zuviel gesagt habe, zuviel für den Frieden und die Freiheit seines Zöglings, zuviel auch für seine eigene Sicherheit; er hätte die unbedachten Worte gern wieder zurückgeschluckt, aber es war zu spät. Ihn dünkte, die Gestalt des Paters werde höher und starrer, auf der kegelförmigen Stirn schien ein gelbes Licht zu lodern, und die Augen, wie zwei schwarze Löcher, die sich mit schillernder Flüssigkeit füllen, zeigten den Ausdruck düsterer Genugtuung. »Ihr habt es gehört, Herr Bischof«, sagte er kalt, weiter nichts. Der Bischof fixierte den unglücklichen Molitor erbost und rief mit schrillem Stimmchen: »Das heiß ich gefaselt, Mann, und toll gefaselt, denn Ihr könnt gewiß sein, daß man Euch beim Wort nimmt und das Sündennest dahier nach Kräften ausräuchert.« Während er Magister in seiner Bestürzung stumm vor den beiden stand, knarrte eine Tür in der Tiefe des Saals, und die Freifrau trat ein, mit einem halb süßen, halb huldvollen Lächeln ins Leere und seltsam geschmückt. Sie trug ein papageiengrünes spanisches Fransentuch über einem mattblauen Samtkleid mit Halskrause und Spitzenärmeln. Über die noch jugendliche engverschnürte Büste liefen fünf Perlenbänder mit fünf goldnen Agraffen in der Mitte; auf dem Kopf trug sie eine Perlenhaube, unter der das flachsgelbe Haar bis auf die Schulter wallte.

Sie sah sich unsicher um und trippelte dann auf den Bischof zu, der sie finster erstaunt betrachtete. Nach ehrfürchtiger Verneigung küßte sie dem Kirchenfürsten die lässig dargereichte Hand; danach trat sie einen Schritt zurück, der zeremonielle Ausdruck schwand aus ihrem Gesicht, und verächtlich sah sie sich in dem öden Saal um, den sie zuvor nie betreten hatte. Mit einer vornehmen Handbewegung, die Bedauern und stumme Anklage enthielt, als sei es unter ihrer Würde, sich wegen solcher Umgebung zu rechtfertigen, bat sie um Entschuldigung für ihr verspätetes Erscheinen, aber sie habe eine schlechte Nacht gehabt; sie könne überhaupt auf Ehrenberg nicht schlafen, das Lager sei zu hart, die Kissen seien zu hart, durch die Fenster blase der Wind, und unheimliche Geräusche durchbrächen die Stille. Niemals und nirgends habe sie Mangel gelitten wie hier, unter einem geborstenen Dach bei Rüben, Ziegenkäse und saurem Krätzer; was für prächtige Gelage habe man ihr veranstaltet, wieviel glänzende Jagden und höfische Schaugepränge, wieviel Gold sei durch ihre Finger geflossen, wieviel Kleinodien habe man ihr verehrt, wieviel große und berühmte Herren hätten ihr Artigkeiten erwiesen. »Ei, die Welt ist was Herrliches, wenn man sie nur recht kennt, Herr Schwager und Bischof«, rief sie mit ekstatisch nach oben gedrehten Augen aus, während ihr kleines altes Kindergesicht totenblaß war, so daß hinter dem Eitlen und Ruhmredigen etwas Verzweifeltes durchschimmerte. Der Bischof und der Pater blickten einander bedeutsam an, und jener ließ sich widerwillig vernehmen: »Da erstaunt es mich nur, daß Ihr nicht geblieben seid, wo Ihr es so prächtig getroffen habt.« Worauf die Freifrau, ihn fest ansehend, erwiderte: »Alles hat seine Zeit, die Wonne ihre und der Jammer seine.« Wieder veränderte sich ihr Gesicht, und sie sagte lebhaft, der Herr Bischof möge ihr's nicht nachtragen, daß sie ihn durch ihren Boten um ein Darlehen angegangen, sie sei indessen der Ungebührlichkeit ihres Verlangens inne geworden, der Fülle der Verpflichtungen, die ohnedem schon bestehe; hätte sie einen Tag bloß gewartet, so hätte sie ihn nicht molestieren müssen, da sich in ihrer Bagage ein ganzer Beutel mit Gold gefunden, den ihr der Landgraf Ludwig beim Abschied eigenhändig überreicht. Die Lenette habe den Beutel entdeckt, sie selber habe nicht mehr dran gedacht, kein Wunder, habe man ihr doch dorten so viel Liebe und Sorgfalt bezeigt, daß sie des Einzelnen gar nicht recht geachtet. Immer wieder mußte sie davon sprechen, daß man sie da draußen, bei den Großen der Welt, verwöhnt und gehätschelt habe, und immer wieder klang die heimliche Trostlosigkeit durch die Lobpreisung. Wenn dem so sei, murrte der Bischof, und sie wirklich mit Reichtümern beladen auf Ehrenberg gelandet sei, könne sie ja von nun ab die Hausstandslasten auf ihre eigenen Schultern nehmen, ihm obliege dann nur, den Neveu unter strengere Zucht zu stellen. Er warf einen vernichtenden Blick auf den Magister, der sich in einen Mauerwinkel gedrückt hatte und gern unsichtbar gewesen wäre. »Mit Eurem Neveu könnt Ihr es nach Belieben halten«, rief die Freifrau fast mit Hohn, »das ist vielleicht sein Schicksal, daß er erst herausfinden muß, wo er hingehört, zu Euch oder zu mir oder zu keinem von uns beiden. Wie aber soll ich wirtschaften dahier, wenn bei der Tafel das Ungeziefer in meine Schüsseln fällt, und womit, wenn von allem Geld nicht mehr so viel da ist, daß ich mir einen Laich kaufen kann?« Der Bischof fragte finster: »Was habt Ihr aber dann gemacht mit dem Beutel voll Gold?« Da lachte die Freifrau hellauf und antwortete: »In den Brunnen hab ich's geworfen.« Der Bischof sah den Pater Gropp an; der, mit gesenkten Augen, neigte kaum merklich das Haupt, und um seine waagerechte Mundspalte zuckte ein schlimmes Lächeln.

Inzwischen war der Magister ans Fenster getreten und gewahrte unten im Hof den Junker Ernst. Er war nicht allein gekommen; unterm Hoftor standen einige seiner Trabanten, der Silberhans, der Batsch, dann ein Zwerchpfeifer aus Ochsenfurth, und ein halbes Dutzend Burschen und Mädchen; diese alle sahen ihm neugierig und verwundert nach, ebenso neugierig und verwundert, wie ihn von oben Herr Onno betrachtete und durch seinen halblauten, erstaunten Ruf: »Da ist unser Junker«, auch die Freifrau und den Bischof veranlaßte, zum Fensterbord zu eilen. Der Knabe schien gänzlich verwandelt; er trug ein blaues Pagengewand mit seidenen Strümpfen und Schnallenschuhen und ein flaches Barett mit weißen Federn. Der Anzug war nicht neu, das war wohl zu merken, auch nicht auf seinen Leib geschnitten, er schlotterte über der Brust und an den Beinen, und die Schuhe sahen aus als wären sie lang an keinem Fuß gewesen; dennoch wirkte seine Erscheinung so prinzenhaft, daß Wallork und die Lenette, die vor die Leutetür gestürzt waren und eben noch gewahrten, wie er die moosbewachsene Freitreppe emporstieg, ihm offenen Mundes nachschauten. Gleich darauf trat er in den Saal, und statt die Versammelten zu grüßen, blieb er schüchtern an der Tür stehen. Er hatte sich dem Oheim Bischof mit edelmännischem Gruß nahen gewollt, das war sein Vorsatz gewesen, er hatte sich unterwegs Form und Wort ausgedacht, doch unterließ er es nun, und es schien, als ob ein leichter Schauer über seine Schultern flöge, rätselhaftes Gefühl, das ihm selbst nicht klar wurde, obschon er ihm eine Richtung gab, als er den langsamen Blick nach der Stelle lenkte, wo stumm und lautlos der Pater Gropp stand. »So sprecht doch, Junker, verneigt Euch doch vor Seiner Gnaden«, murmelte Magister Onno bedrückt. Er gehorchte, verneigte sich und trat zögernd näher: »Wer hat ihn denn so ausstaffiert?« fragte, mehr sich selbst als ihn oder den Magister, die Freifrau flüsternd und mit einer Miene, als sei ihr sein Wesen, sein Gesicht, seine Gebärde alles in einem quälend unheimlich, so wie neulich, als er sich anheischig gemacht, ihr was zu erzählen und sie aus dem Zimmer gelaufen war, kaum daß er den ersten Satz begonnen, entsetzt darüber, daß er dastand, daß er sprach, zu ihr sprach, so wirklich, Frau Mutter sagte, so wirklich …

Der Knabe richtete seine leuchtenden Blicke freimütig auf das Gesicht des Bischofs. Das Barett hatte er abgenommen und hielt es zwischen den Händen. »Meine Frau Mutter wundert sich, daß ich in dem schönen Kleid komme, aber ich wollt vor Euch nicht als Betteljunker erscheinen, Herr Oheim«, begann er mit seinem bestrickenden Lächeln, das die schneeweißen Zahnreihen noch heller machte und den Reiz der bräunlichen Gesichtshaut erhöhte, »Betteljunker war ich, Betteljunker werd ich wohl bleiben, aber um Euch Ehrerbietung zu erweisen und weil unsere Lenette so kummervoll über die Dürftigkeit meiner Gewandung war, bin ich nach Heidingsfeld zum Herrn Grafen Ortenstein gegangen und hab ihn gebeten, er soll mir helfen, da er doch reich ist und fünf Söhne hat, deren einer mir vielleicht ein Wams schenken kann. Der Graf hat zuerst gelacht, wie ich mit meinem Anliegen vor ihn kam und wollt mich wieder meiner Wege schicken, da hat sein Ältester, der Junker Bernhard, gemeint: das ist doch der Junker von Ehrenberg, der die närrischen Geschichten weiß, mag er doch was von seinen Geschichten zum besten geben, dann soll er ein Wams haben. Da hat der alte Graf noch mehr gelacht und hat gesagt: gut, Junker, setz dich her und erzähl was, und wenn uns die Geschichte gefällt, sollst du ein Pagenröcklein haben und Schuh und Strumpf noch dazu. Das hab ich getan, und hab mir ein schönes Kleid zusammengeredet.«

Er schien unmäßig stolz auf seine Tat, und seine Züge hatten einen Glücksausdruck, als habe er dem Kaiser eine verlorene Provinz gerettet. Jeder mußte ihm das Vollbrachte ohne weiteres glauben, der ihn sah und hörte; Magister Onno, besorgt den Kopf schüttelnd, konnte sich doch dem Schmelz und der unschuldigen Heiterkeit seiner Rede nicht entziehen; die Freifrau stand da, als zähle sie die Löcher und Risse in der Tapete; ihre Ohren waren blutrot und ihre Lippen bleich; der Pater Gropp, den Junker mit einem düsterforschenden Blick von der Seite, aus flüchtig gehobenen Lidern heraus streifend, rieb die Finger gegeneinander und wandte sich an den Bischof mit der Frage, ob er nicht einen Imbiß nehmen wolle, da man ja alles dazu Erforderliche in der Kalesche habe, eine Mißachtung ihrer Hausfrauschaft und -pflicht, über die die Freifrau hinweghörte; der Bischof erwiderte nichts, er machte ein paar Schritte, bis er vor dem Junker stand, schien eine Weile das rechte Wort nicht zu finden und fragte dann wie zerstreut, beinahe verlegen: »Und was hast du denen also erzählt? Was war's denn für eine Geschichte, die sie dir so großmütig belohnt haben, die Ortensteinischen? Sind sonst nicht von Gebersdorf, die Ortensteinischen.« Ernst nickte lächelnd, als begreife er nichts so gut wie diese Wißbegier, und antwortete voll schelmischer Beziehung: »Es war, Herr Oheim, die schöne Geschichte von der Jungfrau Ilse, wie sie bei der großen Wasserflut mit ihrem Verlobten auf den Brocken flieht und wie sich der Felsen spaltet, auf dem sie gerade stehen, und wie sie umschlungen alle zwei in die Fluten stürzen. Noch heute schließt sie alle Morgen den Ilsenstein auf, um sich im Ilsenfluß zu baden. Wenigen ist es vergönnt, sie zu sehen, aber wer sie kennt, preist sie. So ging es auch einem armen Köhler, und wie es ihm erging, das ist die eigentliche Geschichte, Herr Oheim.« Der Bischof drehte sich zu Pater Gropp um und sagte mit einer heiser verschluckten Stimme: »Gut, so wollen wir hier unsern Imbiß nehmen, Gropp, der Junker soll uns dabei Gesellschaft leisten und uns die Geschichte auch erzählen.« Der Pater öffnete groß die Augen und rührte sich nicht vom Platz; erst nach geraumer Zeit schien er die Weisung verstanden zu haben.

10.

Zwei Stunden später saß Ernst im bischöflichen Wagen an der Seite seines Oheims auf der Fahrt nach Würzburg. Das war mit sonderbarer Schnelligkeit zugegangen und nicht unter Vorzeichen, wie sie der Pater Gropp gewünscht hätte. Nicht war die Rede von verschärfter Zucht, von Verbringung in eine Kollegienschule oder ein strenges Seminar, oder nur in Kost und Logement bei einem geistlichen Professor in Würzburg oder Bamberg, nichts von dem. Der Bischof hatte erklärt: du kommst mit mir und wohnst in meinem Hause, ich will für alle deine leiblichen und sonstigen Bedürfnisse Sorge tragen. Keinen Tag länger sollte der Junker auf Schloß Ehrenberg bleiben. Was mit dem Magister Molitor zu geschehen habe, werde angeordnet werden; auch im Hinblick auf die Freifrau und ihr ferneres Leben auf dem Schloß werde das Nötige angeordnet werden. Kaum gönnte er dem Junker Zeit, sich von seinem alten Lehrer und der tauben Lenette, die in Tränen zerfloß, zu verabschieden. Der Abschied von seiner Mutter bestand darin, daß er sich stumm vor ihr verneigte und dann anscheinend auf etwas wartete. Worauf, war nicht zu ergründen. Er wartete vergebens, die Freifrau richtete kein Wort, keinen Blick an ihn; sie sah auf ihre Hände nieder, lächelte töricht verstohlen und schwieg und sah aus, als ob ihr das Schweigen kostbar sei.

Die ungestüme Eile des Bischofs glich auf ein Haar der eines Mannes, der einen geraubten Schatz in Sicherheit zu bringen hat. Da sein Gesicht nichts verriet, selbst wenn es innere Regungen hätte kundgeben wollen, weil das Innere zu arm war und durch die Hülle nichts dringen konnte, blieb auch seiner Umgebung verborgen, was ihn antrieb und bewegte. Oder sie erkannten es nur aus demselben Grunde nicht, aus dem ein Rätselrater die simple Einfachheit einer Lösung verwirft, da doch das Einfache das Unbegreifliche ist. Er verwandte keinen Blick von dem Knaben; wenn er beim Reden auf den jugendlichen Mund schaute, formten seine schlaffen Lippen in greisenhafter Albernheit die Worte nach; einmal, im Eifer des Sprechens, legte Ernst mit kindlicher, doch dem Pater Gropp sträflich erscheinender Vertraulichkeit selbstvergessen die rechte Hand auf den Ärmel des Bischofs; da zeigten sich auf den Wangen des alten Mannes zwei rote Flecken, und seine Augen bekamen einen fieberhaften Glanz. »Laß nur«, murmelte er hastig, als der Junker die Hand erschrocken wegzog, »laß nur, mein Sohn.« Dies alles beunruhigte den Pater, aber es war nicht seine Gewohnheit und die von seinesgleichen nicht, einer Sorge dadurch ledig zu werden, daß man sie zur Sprache brachte; vieles mußte sich sammeln und dann durch sein Gewicht die Richtung des Entschlusses bestimmen. Wassertropfen lassen sich nicht von einer Stelle zur andern tragen, aber der gefüllte Eimer. »Du sollst ein eigenes Gelaß bei mir haben«, sagte der Bischof zu seinem Neffen, »gegen meinem Schlafzimmer über, in der Ecke vorm Schwibbogen, Ihr wißt, Pater Gropp, da ist eine prächtige Kammer, die soll er haben.« Es war ein großes, dumpfes, dunkles Zimmer, in das der Hausmeier David Rotenhan den Junker nach seiner Ankunft führte; alte Truhen standen drin und ein geschnitzter Eichenschrank, der bis zur Decke reichte; an der einen Wand zwischen den Fenstern hing ein hölzernes Kruzifix, an der andern ein bis zur Schwärze verräuchertes Bildnis des Bischofs Julius Echter von Mespelbrunn, des großen Vorgängers von Philipp Adolph. Das Lager war ein Strohsack in einem Gestell mit ein paar Decken drauf; den schweren Tisch zierten ein silberner Leuchter, ein mächtiges Tintenfaß und ein in Pergament gebundenes lateinisches Brevier. Wenn man sich ans Fenster stellte, sah man eine enge Gasse mit schmalen traurigen Häusern, an deren geschlossenen Fenstern bisweilen traurige, argwöhnische Gesichter erschienen. Dem Junker wollte das Gelaß nicht gefallen, die Straße mit ihren Häusern auch nicht; nachdem er sich alles halb neugierig, halb ängstlich angeschaut hatte, ging er auf den finstern Flur hinaus und weiter, an Türen vorbei, auf deren Klinken er drückte und die zugesperrt waren. Er erklomm eine Treppe, da war abermals ein Flur, wieder mit zugesperrten Türen. Oben war es jedoch ein wenig heller, er gewahrte verstaubte Bilder an den Wänden, Bilder von Heiligen und der Passion Christi, geschnitzte Figuren und allerlei Kirchengerät, Betstühle, Weihkessel, Monstranzen, verblichene Teppiche. Er wanderte, ohne einer Menschenseele zu begegnen, ab und auf durch den alten Palast, bis er müder wurde als sonst, wenn er stundenlang durch den Schwarzforst marschiert war, und als vor einer Treppe der Pater Gropp vor ihm stand wie aus dem Boden gewachsen, stieß er vor Schreck einen leisen Schrei aus, und der nämliche Schauder überflog ihn wie vor Stunden, als er bloß seine Gegenwart daheim im Ehrenberger Saal gespürt hatte. Der Pater, der gut seine sechs Fuß maß, sah stumm auf ihn herab, in böser Weise stumm, Ernst blickte zu ihm empor, an dem schwarzen

Kleid bis hinauf zu dem viereckigen Flachhut, so standen sie eine
Weile schweigend einander gegenüber, und Ernst dünkte es, daß eine
Ewigkeit verflossen sei, als er die Worte hörte: »Der Herr Bischof ver-
langt nach dir. Geh hin. Ich aber will dir sagen: wenn du ihm mit deinem hexischen Geplapper Geist und Herz verwirrst, so gnad dir Gott
in deinem Sündenjammer.« Der Junker dachte, der Pater wolle scherzen,
doch ein Blick in die granitenen Züge belehrte ihn, daß in dem Mann
so wenig Neigung zu Spaß und Spiel wohnte, wie in dem finstern Bi-
schofshause Licht und Sonne Einlaß fanden; warum aber, war sein
Gedanke, läßt er mich so drohend an und steht vor mir da wie der
Riese Einheer vor den Winden und Haunen, was kann ich ihm angetan
haben? Ich will doch den Herrn Oheim drum fragen. Was kann ich
ihm angetan haben: uraltes Staunen der Arglosen vor den Argen.
Schwerlich hätte der Bischof die Antwort geben können, auch wenn
Ernst zuletzt nicht den Mut verloren hätte, denn der Pater ging ihm
unsichtbar nach und verbot ihm die Frage. Zum erstenmal spürte er
Menschenfurcht, die unbesieglichste aller Ängste und die unheilbarste;
sie langte mit einer Tatze in seine Seele hinein, da war etwas, das er
meiden mußte, einer, der still im Dämmer der Stube stand, wenn er
einschlief und aufwachte, und in dessen Augen eine Welt war, vor der
man die eigenen Augen schließen mußte, sonst war alles trüber und
verworrener, als man es bisher gewußt. Der Bischof ahnte davon nichts;
er hatte vorerst keine Lust, nach Verborgenem im Gemüt des Knaben
zu forschen, da er vollauf mit dem beschäftigt war, was zutage lag; die
Leute bemerkten eine große Veränderung in seinem Wesen, die sich
am deutlichsten in Gegenwart des Junkers zeigte, so daß es schon nach
kurzer Zeit gewiß war, daß er die Gesellschaft seines Neffen nicht mehr
missen konnte. Gleich nach der Frühmesse verlangte er nach ihm, ließ
ihn aufwecken, konnte es nicht erwarten, bis er kam. »Setz dich her zu
mir«, sagte er, »hast du schon deine Grütze gegessen, da setz dich her
auf den Schemel, damit wir uns unterhalten können, und hab keine
Scheu vor mir, sprich nur alles, was dir in den Sinn kommt, das hör
ich gern, brauchst gar nicht acht zu haben auf deine Worte.« Geschah
es dann nach seinem Wunsch, so beugte er sein Haupt gegen den
Knaben nieder, lauschte nicht bloß mit den Ohren, sondern mit Augen
und Händen, und wenn einer ihn dabei störte, der Sekretarius, der
Stadtprofoß, ein Mönch, ein Domherr oder ein Hausbediensteter, fuhr
er auf, stierte den Betreffenden grimmig an und winkte ihm, wieder zu

gehen. Alle Mahlzeiten mußte der Junker mit ihm teilen; zehnmal hintereinander fragte er ihn, ob er das nicht möge oder das, was er am liebsten esse, ob er ihm ein Hühnchen zubereiten lassen solle oder Wildpret oder Mehlgebackenes mit süßem Schaum. So etwas war nie vorgekommen, niemand hatte es für möglich gehalten; aber er ging noch weiter in der Überwindung verhärteten Geizes; er ließ den vornehmsten Schneider der Stadt kommen und bestellte für den Junker ein Staatskleid aus dunkelviolettem Samt mit Zobelbesatz und dazu einen kostbaren Mantel. Während der Schneider Maß nahm, stand der Bischof aufpassend dabei, ermahnte ihn in seiner scheltenden Weise zu genauer Arbeit und daß er mit Stoff und Futter nicht sparen solle. Als nach wenigen Tagen der neue Anzug kam und der Junker sich ungemein stattlich darin präsentierte, ging der Bischof etliche Male im Kreis um ihn herum und ließ mit der Zunge fortwährend ein entzücktes Tz-tz hören wie ein Handeljud, der ein gutes Geschäft abgeschlossen hat. »Sollst auch eine goldne Kette haben«, flüsterte er ihm ins Ohr, »wenn du brav bist und mir in allem folgst, schenk ich dir eine schöne goldne Kette.« Ernst küßte dem Oheim lächelnd die knochige, behaarte Hand und verbarg seine Gedanken, welche er auch haben mochte; niemals äußerte er etwas über sich selbst, niemals sagte er, wie ihm zumute war, noch was er gesonnen war zu tun, niemals ließ er sich Traurigkeit oder Sorge anmerken, über seiner ganzen Person lag die strahlende Verträumtheit seines Gemüts wie ein glitzerndes Gewebe, durch das nichts von seinem Innern zu erkennen war. Indes der Schneidermeister noch an ihm herumnestelte, eine Falte vor der Brust glättete, ein Band am Knie fester zog, lachte der Junker hellauf, weil ihm der spindeldürre und vor dem Bischof verängstigte Mensch recht komisch vorkam, und fing an, die Geschichte eines Schneidergesellen zu erzählen, der geprahlt hatte, er getraue sich zur Mitternachtszeit über den Kirchhof zu gehn; das führte er auch aus, es war eine eiskalte Dezembernacht, die Gespenster umringten ihn und zwangen ihn unter fürchterlichen Drohungen, daß er jedem an seinem klappernden Gebein das Maß zu einem Kleid nahm; den Stoff wollten sie ihm in die Werkstatt legen, wenn er heimkam, würde alles Tuch schon da sein, und er mußte geloben, die vierundzwanzig Kleider, so viel Gespenster waren da, in der Neujahrsnacht auf den Kirchhof zu bringen. Um Gotteswillen, jammerte der Gesell, wie soll ich in so kurzer Frist, es sind ja nur noch neun Tage, vierundzwanzig Gewänder verfertigen, habt doch Mitleid, ihr Knochenleute; aber da nützte kein Bitten, die gespensternden Herrschaften bestanden auf ihrem Willen. Wie nun der Schneider nach Hause kam, sah er in seiner Einbildung große Ballen Zeug in der Werkstatt und machte sich unverzüglich mit Elle, Nadel und Schere an die Arbeit. Aber niemand konnte den Stoff sehen als er allein, und da er nun, auf seinem Tisch hockend, in die Luft hinein schnitt und maß und nähte, entsetzten sich alle, die es sahen und hielten ihn für übergeschnappt. Er ließ sich jedoch bei seinem Tun nicht stören, sondern nähte und schneiderte Tag und Nacht, aber bei aller Mühe konnte er bloß dreiundzwanzig Gespensterkleider fertig bringen. Die türmte er in der Neujahrsnacht übereinander, huckte sie auf den Rücken, es war nichts, es war wiederum lauter Luft, gleichwohl schleppte er sich stöhnend unter der Last zu den Gräbern. Beim zwölften Glockenschlag, wie es sich gebührt, stellten sich die Gerippe ein. Der Schneider, den die Angst pfiffig gemacht hatte, packte die eingebildeten Kleider mit großer Langsamkeit aus, forderte, daß jedes Gespenst seinen Anzug besonders probiere, besah sich jedes mit Kennerblicken, hatte an jedem etwas zu glätten und zu bessern und zu sticheln (obgleich da nichts zu sehen war als das blanke Gebein, und wer weiß, ob sogar das) und zögerte seine Geschäftigkeit so lange hin, daß die Turmuhr gerade eins schlug, als er zum vierundzwanzigsten seiner Kunden kam. Da mußten sie aber natürlich alle verschwinden, und es sei nicht ausgemacht, so schloß der Junker schalkhaft, ob sich nicht alle vierundzwanzig für gefoppt hielten, da sie doch nach wie vor mit nackten Knochen tanzen mußten, oder ob der Schneider allein der Narr war, da er so viel Müh und Zeit darauf verwendet hatte, den unwirklichen Schatten unwirkliche Schattenkleider zu liefern.

Nicht bloß der Schneidermeister und der Bischof waren bei dieser Erzählung die Zuhörer; es hatte sich noch eine ganze Anzahl anderer Personen eingefunden, der Sekretarius Baumgarten, der Hausmeier Rotenhan, der seinem Herrn einen Bericht abzustatten kam, ein junger Dominikaner aus dem Kloster Himmelpfort, der im Vorzimmer gewartet hatte und zwei Alumnen aus der im Anbau des Schlosses untergebrachten Schule; sie sollten in Begleitung eines Diakons dem Bischof als Novizen vorgestellt werden. Einen der beiden kannte Ernst zufällig; es war ein Lehrerssohn aus Kitzingen, er hatte ihn oft unter seinem Gefolge gesehen, wußte auch, daß er Peter Mayer hieß; der unterdrückte mit Mühe einen Freudenschrei, als er des Junkers ansichtig wurde; von der

Stimme angelockt, war er der erste gewesen, der sich auf die Türschwelle gewagt hatte, nachher folgten ihm die andern, auch ein Chorherr gesellte sich schließlich dazu, und der Bischof selbst war so benommen von der Art und Rede seines Neffen, daß er Einspruch und Abwehr gegen die Hereindrängenden vergaß, die sich damit eines sträflichen Übergriffs schuldig machten. Aber so war es eben, bei diesem Anlaß wie bei jedem, die Heiterkeit und Grazie, mit der der Junker Ernst seine Geschichten vortrug, bezwang das widerwilligste Ohr; kein Unterschied zwischen Alt und Jung, der mit Geschäften beschwerte Amtsträger mußte ebenso stillhalten und lauschen wie der einfache Handwerker, die finstersten Züge verschönten sich durch ein verwundert-sinnendes Lächeln. Die Gespenstergeschichte da, was war sie schließlich, ein ergötzliches Nichts, und als ob sich der Erzähler hätte heimlich lustig machen wollen über das Nichts, hätte zeigen wollen, wie aus dem Nichts ein Etwas wird, wenn man den Schicksalsbogen drüber auswölbt, machte er es noch zum Inbild des Geschehens. Aber wie alles schwebte und sich bewegte, ohne Gewicht und ohne Greifbarkeit wie Blumen in einem klaren Spiegel; wie es aus der Tiefe kam, in der das Ängsten und Weben des Volkes war, so daß es, gesprochen und zur Figur gestaltet, zum element-haften Wesen wurde, dem Gang und Rhythmus der Sterne ähnlich, notwendig der Seele und entlegen dem Geist. Er hatte es in einem Augenblick erfunden; als er den Schneidermeister so besorgt und wichtig an sich herumhantieren sah, war alles schon Erscheinung, und er hätte ohne das geringste Nachdenken gleich zehn andere Geschichten dranhängen können, die freilich noch nicht Erscheinung waren, bloß Schein. Aber darum mußte er sich nicht plagen, da war eine Kraft in ihm, der er sich nur anzuvertrauen brauchte, ein Hinströmen, und er mußte dem Strom gehorsam sein, oder eine Last, deren er ledig werden mußte, wenn er nicht drunter ersticken wollte. So kam es, daß er auch hier alsbald, wo er ging und stand, seine Zuhörer hatte: in der Anteka-mera des Bischofs, unterm Torweg des alten Palastes, auf dem Platz vorm Dom, an der Mainbrücke, in einem abseitigen Gäßchen, im Häuserwinkel bei einer Schmiede. Da aber der Oheim Bischof seinem unzähmbaren Freizügigkeitsdrang mit jedem Tag drückendere Schranken setzte, obschon in einer feigen Art, so daß das Verbot anfangs immer vom Hauptmann der Schloßwache ausging, der ihn dann auch überwa-chen ließ, entwischte er oft ungesehen und zu abendlichen Stunden, bestellte sich auch Kinder und junge Menschen in den Hof, in die

Flure des Bischofshauses, und einer seiner häufigen Gänge war, nachdem er sich mit Peter Mayer verständigt hatte, zu den Alumnen im andern Trakt; hiezu brauchte er das Haus gar nicht zu verlassen. Als die Lehrer und Aufseher dahinterkamen, verwehrten sie ihm den Eintritt; doch sei es, daß sie sich gegen den Günstling und Verwandten des Bischofs eines nachhaltigen Widerstandes entäußerten, sei es, wofür bessere Gründe sprachen, daß des Junkers liebenswerte Schmiegsamkeit und leuchtende Offenheit auch sie in Bann schlug, sie drückten ein Auge zu und stellten sich unwissend, wenn er nach Anbruch der Dunkelheit in die Säle schlich und zwanzig, dreißig, vierzig von den Zöglingen um sich versammelte wie ein Priester, der zum Gottesdienst ruft; einige von den Präzeptoren mischten sich selber unter die ungeduldige Schar und bemühten sich nur, möglichst ungesehen zu bleiben. Die Alumnen, hagere Jünglinge mit traurig-müden, hohlen Augen, die Gesichter fahl und schlaff und in allem Tun lautlos, wie es die Hoffnungslosen sind, hatten sich schon den ganzen Tag gefreut und ließen sich gern forttragen aus ihrer kalten Welt, in der die geistige und sinnliche Nahrung so kärglich war wie die leibliche. Das reizte den Junker Ernst sehr, diese Müden zu bewegen, die Bedrückten zu erheben, ihrer innern Finsternis unerwartete Helligkeit zu spenden. Da wurden seine Erzählungen am übermütigsten, und Ausgelassenheit verband sich oft mit unbewußtem Tiefsinn wie in der Geschichte von dem Mann, dessen größter Kummer war, daß die Zeit so schnell verging, und der überall die Uhren stillstehn machte; wo er einer Uhr habhaft wurde, brachte er sie zum Stehen, auch auf die Türme stieg er und zerstörte das Räderwerk, und wie er einmal eine einzige Stunde brauchte, um eine gute Tat zu vollbringen, fehlte ihm die, denn der Tod trat in die Tür, und es war zu allem zu spät. Von derlei Begebenheiten und Erfindungen war er voll; auch versuchte er etwas bei den Alumnen, worauf schon die morgenländische Scheherezade verfallen war, von der er jedoch nie vernommen hatte; er erzählte eine Geschichte nicht zu Ende und spann sie in den nächsten Abend hinüber, manchmal in den zweiten und dritten; an der verwickeltsten Stelle aufzuhören und die Erwartung über einen Tag in Atem zu halten, bereitete ihm Genuß, es war wie ein kleiner Betrug an der Phantasie der Menschen und ein Erproben ihrer Gläubigkeit, die er ja dann nicht enttäuschte. Er war durch eine Not drauf gekommen; der Oheim Bischof hatte einen Mönch mit seiner Bewachung betraut, zu allen Stunden, in denen der Bischof selbst durch sein Amt verhindert war, sollte dieser Mönch, ein dummer alter Mann, in der Nähe des Junkers sein; es gelang Ernst, auch den zu betören, und da er neben seiner Einfalt ungemein neugierig war, konnte Ernst nur dadurch sein Schweigen erkaufen, daß er den Faden einer Geschichte immer in dem Augenblick abriß, von dem Bruder Felician, der alles als wirkliches Geschehnis nahm, vor Aufregung das Wasser aus dem offenen zahnlosen Mund lief. Nicht allein dem Bruder Felician ging es so. Nach Verlauf mehrerer Wochen war das ganze Domkapitel über den Junker ins Fieber geraten, Domherren, Pröpste, Kapläne, Dekane, Kapitulare, Laienpriester, Klostergeistliche, alle fing er ein, alle unterlagen der rätselhaften Gabe, und obschon sie Gewalt genug über sich hatten, um sich nicht so stürmisch an ihn anzudrängen wie die Jugend, die oft in ganzen Heerscharen Schloßhof und Domplatz besetzt hielt, nur in der Hoffnung, ihn zu sehen, dünkte es doch den meisten, als ob sie ein leibhaftiges Wunder erlebten, und sie glaubten, dem Bischof zu gefallen, wenn sie den Junker rühmten und ihr Erstaunen laut verkündeten. Dem war aber nicht so. Der Bischof wurde von einer wachsenden Unruhe ergriffen, die allmählich seine Gewohnheiten durchbrach, seine Tageseinteilung umstieß, seine Audienzen, Übungen, Gebete und richterlichen Entscheidungen störte.

11.

In seinem Gehaben wechselten Anfälle grundlosen Zorns mit hinterhältiger Verschlossenheit. Er konnte keine Nacht mehr schlafen. Dem Pater Gropp ging er scheu aus dem Weg, und wenn er das Zimmer betrat, kam etwas Fahriges über den Bischof wie über einen, der böse Heimlichkeiten hat. Einmal, als der Pater schweigend am Tisch saß, mit gesenkten Augen, und der Bischof ärgerlich murmelnd sein Brevier suchte, das er eben noch in der Hand gehalten, brach er plötzlich in die Worte aus: »Ja, ich hab ihm das Kettlein geschenkt, damit Ihr's wißt.« In der Tat hatte er ein paar Stunden zuvor dem Neffen die versprochene goldne Kette um den Hals getan; aber was nötigte ihn, es dem Pater Gropp zu melden, und in so zänkischem Ton? Der Pater schwieg. Manchmal ging der Bischof in der Nacht unstet in seinem Gemach hin und her, zu Zeiten trat er in den finstern Flur und wanderte auf und ab. Dabei geschah es oft, daß er an der Tür des Junkers still hielt, um zu lauschen. Ein undeutbares Lächeln flimmerte über die greisenhaft verfurchten Züge, wenn er von drin den Atem des Schläfers zu vernehmen glaubte. Es schien als könne er den Morgen nicht erwarten und müsse den Knaben aus dem Schlummer und an seine Seite holen. Eines Nachts überwältigte ihn die Ungeduld; er öffnete leis die Tür, da es Vollmondzeit war, erfüllte trotz des bedeckten Himmels ein dämmeriges Schimmern die Stube, er wollte den Knaben ansehen, bloß ansehen, trat unhörbar näher und beugte sich über ihn, um das schöne Gesicht, so fremdartig im Schlaf, besser betrachten zu können. Was war es denn, was in ihm wühlte und brannte; es gibt eine zwischen Himmel und Hölle schwankende Neugier, für die der Schlaf des andern Menschen das Geheimnis der Geheimnisse ist; wem der menschliche Leib nur als Haus der Dämonen gilt, der mag glauben, daß er sie so am sichersten belauschen kann, und wenn er, im Streit mit einem unbekannten süßen Gefühl, den sündigen Schauplatz von ihnen verlassen hofft, ist ihm ein Weg zur Rechtfertigung gebahnt, er darf es dulden, daß sein Herz freudig schlägt. Wie eigen für den Siebzigjährigen: hingezogen werden zu einem Wesen, sich nach dem Wunderbaren sehnen, das in dem Wesen ist, sich ausdenken, wie das Blut in den Adern rauscht, wie die Glieder beschaffen sind, die leuchtende Haut anfassen mögen, sich an das Lächeln erinnern, das die frischen Lippen schwellen macht wie eine Mandel, die man in heiße Milch legt. Da ist einer und ihm gegenüber die Welt mit ihren Schätzen; der Eine bedeutet mehr als die ganze Welt, an ihm haften Wunsch und Sinn, man könnte weinen, daß man ihn nicht in sich hineinpressen kann, verborgen vor allen Blicken, und ihn tragen wie eine Schwangere ihr Kind. Was man liebt, sollte ungeboren sein, das Geborene entfernt sich; oft war dem Bischof zumut, als müsse er dem schönen schlanken Knaben die Kehle zudrücken, bloß damit er ihn in den Arm nehmen, ihn gewinnen, ihn haben könne; der Tote hält still. Nacht für Nacht wiederholte sich das nämliche; den Schlummernden in seinem Schlaf zu belauschen wurde zur Leidenschaft des Bischofs, stundenlang vorher zitterte er schon wie vor einer Handlung, von der nicht gewiß war, ob sie Laster und Ausschweifung war oder demütiger Dienst. Alle andern Leute trachteten danach, den Junker sprechen und erzählen zu hören, nur er wollte sehen, wie er schwieg und bewußtlos hinatmete. Ihn gewinnen, einzig ihn gewinnen, aber wie war das anzufangen? Zu Ende einer Woche, in der durch Hexenbrände die Ernte an geretteten Seelen reichlicher als sonst ausgefallen war, saß er in seiner Geheimkammer, zu der niemand Zutritt hatte, und studierte die Listen mit den Namen der Justifizierten; bei jedem Namen war in einer besonderen Kolumne vermerkt, ob der Delinquent oder die Delinquentin bußfertig oder in ketzerischer Verhärtung auf den Scheiterhaufen gegangen, ob mit wachen Sinnen von selber oder ob ihn die Henkersknechte hatten schleppen müssen, ob der Leibhaftige ihnen, tröstend oder in Wut, noch einmal erschienen sei oder ob er dies aus Furcht vor dem Bildnis des Gekreuzigten nicht gewagt; ferner, in einer andern Kolumne, wieviel die betreffende Person an Geld und Gut hinterlassen, wieviel an Grund und Boden, an Häusern, an silbernem Geschirr, an Linnen, Kleidern, Vieh, geprägter Münze, und welcher Anteil davon auf das Domkapitel entfiel. Es war der Samstag vor Pfingsten, die Stadt war in ungewöhnlicher Bewegung, überall fanden Kreuzgänge und Supplikationen statt, die Einwohnerschaft war durch die Zunahme der mörderischen Prozesse, die die besten Bürger, die wohlangesehensten Frauen jäh aus ihrer Mitte rissen, um sie einem schimpflichen Tode preiszugeben, in Trauer und nachhaltige Bestürzung versetzt. Eben schlug es sechs Uhr vom nahen Domturm, die Stunde, zu welcher Junker Ernst ein für allemal angewiesen war, vor dem Oheim zu erscheinen, und der letzte Schlag war noch nicht verhallt, da trat er auch schon ein. »Setz dich her zu uns, Söhnchen«, begann der Bischof im majestätischen Plural, den er in wichtigen Unterredungen zu gebrauchen pflegte, »wir wollen dir was zeigen. Da kannst du sehen, wie wir die himmlische Postkutsche gefüllt haben in sieben Tagen. Das Wort ist so übel nicht, uns dünkt gar wohl, daß du uns einen himmlischen Postkutscher nennen darfst. Wir sorgen dafür, daß die Gäule gut gefüttert werden und den Wagen ohne Beschwer ziehen. Wir sind um nichts anderes bemüht, seit Jahr und Tag, als Gotteskindschaften zu machen und dem Teufel sein Buhlgeschäft zu verderben. Wir sind des Teufels Prellbock, Söhnchen, wir stehn in heiligem Schrecken bei ihm.« Mit seinen blutunterlaufenen winzigen Augen zwinkerte er dem Junker zu; ausgemacht, daß er sich als den eigentlichen Feind und Besieger des Fürsten der Finsternis empfand; das Bewußtsein von seinen Taten gab ihm einen Anschein von Größe, von Furchtbarkeit. »Schau her«, fuhr er fort und wies mit dem Nagel des Zeigefingers auf die Liste, »wir wollen dir vorlesen, wieviel Himmelsanwärter wir diesmal dem Sankt Petrus zugeschickt haben.« Er las mit krächzender Stimme: »Die alte Anckers Witwe; die Gutbrodtin; die dicke Höckerin; des Tungerslebers Vögtin; die Stierin, Prokuratorin; die Znickel Babel; die Baunachin, Ratsherrnfrau; ein fremd Weib; der Vogt im Brembacher Hof; des David Croten Knab von zwölf Jahren; ein klein fremd Mägdlein von neun Jahren; die Apothekerin zum Hirsch und ihre Tochter. Denen Dreizehn haben wir zur ewigen Seligkeit verholfen.« Ernst sah eine Weile vor sich hin, dann schauerte ihn, und er sagte: »Ich mein, daß es nicht gut ist, im Feuer zu sterben.« Der Bischof, erstaunt, zapplig aufbegehrend, hielt ihm entgegen: »Nicht gut; das mag schon sein; aber die Hexerei, was meinst du zu der?« Darauf antwortete Ernst: »Ich mein, daß vielleicht das Feuer Hexerei nicht heilt.« Der Bischof rief zornrot: »Wie? Das Feuer nicht? Was denn sonst, wenn nicht das Feuer?« Der Junker erwiderte: »Zauber wird nur durch Zauber gelöst; der stärkere bricht den schwächeren.« Der Bischof glaubte nicht recht gehört zu haben, in wortlosem Entsetzen starrte er den Buben an. Der aber, gelassen und traumverloren, fuhr fort: »Alles ist Zauberwerk, was ich seh und was ich tu. Wer's weiß, muß unserm Herrn Heiland nicht darum mißfallen. Der hat selber Zauber und Wunder gewirkt. Und wieder das größte Wunder war, daß er gelebt hat und auf Erden herumgegangen ist. Mir kommt vor, Herr Oheim, die Ihr da auf dem Pergament stehn habt, waren viel zu geringe Leute, um Zauber zu üben, bösen oder guten. Daß ich's Euch nur gesteh, sie tun mir leid, allesamt, und daß sie unter Schmerzen haben brennen müssen, insonderheit die armen Mägdlein. Das kann der Welt doch nicht von Nutzen sein, und Euch auch nicht, der Tod ist eine bittre Nuß.« Der Bischof war aufgestanden und zur Tür getrippelt, um zu sehen, ob sie fest verschlossen war und kein Lauscherohr die Frevelreden des Junkers vernehmen konnte, dann schritt er mit beschwörenden Gesten auf den Knaben zu, es sah aus, als verjage er einen Fliegenschwarm, und in seinem ziegenhaft langgezogenen Gesicht mischte sich Angst mit Drohung, Widerwille mit Bitten, feige Zärtlichkeit mit Richterstrenge. Der Junker drehte sich zu ihm herum, schaute ihn mit Augen an, die so klar waren wie der Abendhimmel über dem Domdach, und sagte: »Ich will Euch, Herr Oheim, wenn Ihr's verstattet, die Geschichte vom unschuldigen Hexlein erzählen. Hört zu.« Er setzte sich zurecht, wie er immer bei diesem Anlaß tat, die Hände auf den Knien gefaltet, den Kopf mit lächelndem Mund (fast sah es aus wie Spott, war's aber nicht) ein wenig vorgeneigt. »Es lebte, weit von hier, in einem Schloß eine Edelfrau, eine kleine, zierliche, anmutvolle Dame, deren einziger

Kummer bestand darin, daß sie einmal alt werden könne und so ihrer Schönheit verlustig gehen. Da ihr diese Sorge keine Ruhe ließ, ging sie zu einem berühmten Magier, der im Böhmerland wohnte, und fragte ihn um seinen Rat. Er antwortete ihr: Solang Ihr Euer Herz nicht vergebt, edle Frau, werdet Ihr so schön bleiben, wie Ihr jetzt seid. Von der Stund an war die Frau verwandelt. Sie hörte auf, ihren Gemahl zu lieben, der auch bald darauf in einer Schlacht wider die Türken fiel, und gegen das Kind, das sie geboren hatte, eine Tochter namens Irina, bezeigte sie sich auf alle Weise gleichgültig und fremd, ja zum Schluß wollte sie überhaupt nichts mehr von Irina wissen, ging auf und davon und überließ sie ihrem Schicksal. Irina war jedoch nicht so verloren und verraten, wie man hätte denken sollen; nicht nur, daß die Diener und Dienerinnen im Schloß sich ihrer treulich annahmen; das war das wenigste. Aber sie hatte auch einen mächtigen Schutzgeist, ein Grauröcklein; mächtig ist er wohl zu heißen, obgleich er bloß eine Spanne hoch war. Der war stets um Irina her wie ein unsichtbarer Leibhusar, behütete sie vor jedem Übel, schützte sie vor bösen Träumen, zeigte ihr geheime Wege im Wald, wo sie in Frieden wandern konnte, lehrte sie die Sterne nennen, die Pflanzen unterscheiden, das Gute lieben, in den Gesichtern der Menschen lesen, damit sie die einen fürchten konnte, den andern trauen. So ein Grauröcklein vermag viel, da es um alle Kräfte der Erde Bescheid weiß und das Gewachsene bis an die Wurzeln kennt. Eines Tages, als Irina schon groß und ziemlich bei Verstand war, erschien der Graurock vor ihr und sprach: Ich kann jetzt nichts mehr für dich tun, meine Aufgabe ist erfüllt und ich bin abberufen worden, aber wenn du in großer Not bist, dann ruf dreimal: Schatzgräber erscheine, so will ich kommen und dir helfen. Nicht lange darauf kehrte die Edelfrau wieder auf das Schloß zurück, und sie war wirklich noch genauso schön wie zur Zeit, da sie fortgereist war, denn sie hatte nicht einen Blutstropfen von ihrem Herzen vergeben, das war ihr größter Bedacht gewesen. Irgendwas war aber doch mit ihr geschehn, es wußte nur niemand was; vielleicht, das kann ja sein, war ihr grade das zum Leid geworden, was ihr zum Heil hatte dienen sollen. Als sie nun sah, wie stattlich die Tochter geworden war und sichtlich aufgewachsen in einer geisterhaften Hut, fing es an, heftig in ihrer Brust zu brennen, und um die Glut im Innern zu löschen, wußte sie kein anderes Mittel als außen eine zu entzünden, sie legte Feuer im Schloß an, und als die Flammen lichterloh emporschlugen, rief sie jammernd alle ihre

Leute zusammen, bezichtigte Irina, daß sie das Unglück verschuldet habe und nannte sie vor allem Volk eine Brandstifterin und Hexe. Irina wurde vor Gericht geschleppt und, der peinlichen Frage unterworfen, gestand sie, was man wollte, so wie alle gestehen, Ihr müßt es ja wissen, Herr Oheim. Sie wurde zum Tode verurteilt und mußte den Scheiterhaufen besteigen, doch im Augenblick der verderblichen Brunst rief sie: Schatzgräber erscheine, wie das Grauröcklein sie's gelehrt. Aber es kam nicht der Gerufene, wie sie erwartet hatte, was ganz anderes geschah. Die Edelfrau warf sich vor das Volk und die Knechte, stürzte mit aufgehobenen Armen vor Irina nieder, bekannte, was sie getan, und aus ihrem Antlitz, als hätte ein göttlicher Strahl es versengt, sprach nichts als Liebe, reumütige, lebendige Liebe. Der Herzog des Landes, als er von dem Ereignis vernahm, begnadigte die Edelfrau und lud Mutter und Tochter an seinen Hof. Doch jener göttliche Strahl hatte auch noch ein anderes Geschäft verrichtet, er hatte die Haare der Edelfrau weiß gemacht und ihr Gesicht mit den Falten ihrer Jahre überzogen. Aber darum grämte sie sich nicht mehr.« Es war dunkel geworden im bischöflichen Gemach, wenn schon so dunkel nicht, daß die glänzenden Augen des Junkers nicht sichtbar gewesen wären. Er saß still da und wartete. In dieser Erzählung voller Ahnung, Wunsch und Abbild, rätselhaft sicherer Ahnung, wie sich später zeigen sollte, war von Wirklichkeit so viel enthalten als Erlebnis unbewußt in sie hineingewoben war, und unbewußt tönte sie draus hervor. Es schien als hätte nicht der Mund erzählt, sondern die Seele selbst in verborgener Bangigkeit und Sehnsucht. Davon mochte auch der Bischof etwas spüren, obgleich nur dumpf und widerstrebend; in der Hauptsache fühlte er sich verleugnet und verhöhnt und erkannte seine traurige Ohnmacht über den Knaben, so daß er plötzlich aufsprang, wie ein Verrückter durch das Zimmer rannte und schrie: »Ich schmeiß dich in den Main wie Cäsars Gais.« Dabei lief ihm das Wasser aus den Augen, und er trocknete es mit dem Ärmel ab. Der Junker verließ den alten Mann in seiner unheimlichen Aufregung, der tobte noch lang und mußte schließlich das Fenster aufmachen, um Luft zu kriegen; er beruhigte sich erst, als er von den Gassen herauf die monotonen Gesänge der noch immer herumziehenden Bittprozessionen vernahm. Doch in seiner Brust gärte es weiter, und in der späten Nacht trat er wieder seinen Gang nach der Schlafstube des Neffen an. Er hatte die Tür offenstehn lassen, im Flur brannte unter einem Muttergottesbild eine Kerze, deren

Schein bis an das Lager drang und die Züge des Junkers matt beleuchtete. Der Bischof beugte sich über den Schläfer und schaute; während er sich so gierig herabbeugte, fiel ihm das seidene Käppchen vom Kopf und gerade auf Ernsts Gesicht. Der erwachte, ohne Schrecken, und blickte den Oheim ruhig an. Der Bischof setzte eilig das Käppchen wieder auf, dann packte er den Junker mit beiden Händen an den Schultern und sagte mit gurgelnder Stimme: »Sollst mir ein Bekenntnis ablegen heut nacht, sollst mir gestehen, ob du mit den bösen Geistern Umgang hast, von denen du immerfort erzählst. Das muß man doch mit seinen leiblichen Augen gesehen haben, wenn man es so verräterisch abschildern kann. Hast ihn selber gesehn, den Graurock? Vielleicht andere noch? Den Behemoth, den Leviathan? Den Asmodeus? Und hast auch Werwölfe gesehn? Und hat er sich dir gezeigt, der Graurock? Wie sieht er aus? Trägt er einen Bart? Hat er zehn Finger an den Händen wie unsereiner, und ist kein Mal an ihm zu bemerken? Und warum hat er sich Schatzgräber geheißen? Weiß er vergrabene Schätze? Hat er dir Kenntnis gegeben, wo ein Schatz liegt? Rede, herzliebes Söhnchen, vertrau mir alles an, ich fürcht, ich fürcht, du bist mit den Dämonen im Bunde, und deine geknechtete Seele lechzt nach Befreiung.« Der Junker sagte nichts, verwundert schaute er den häßlichen alten Mann an. Das leidenschaftlich verzerrte Gesicht flößte ihm Angst ein, doch er zeigte sie nicht, die knochigen Finger bohrten sich in sein Fleisch, daß es schmerzte; er rührte sich nicht. Dringlicher, liebkosender fuhr der Bischof fort: »Ich will dich in Schutz nehmen wider den Pater und den Profoß, wenn du alles bekennst. Ich will dich vor ihnen verstecken. Ins Gartenhaus im Veitshöchheimer Schlößle, da geb ich dich hin und einen Koch bestell ich dir, sollst feine Sachen zum Schnabulieren haben, und jeden Tag besuch ich dich, daß du mir nach Herzenslust erzählen kannst. Solches will ich für dich tun, Herzenssöhnchen, aber bekennen sollst du, damit ich weiß, wie du inwendig bist.« Der Junker, immer befremdeter, antwortete mit tiefer Stimme: »Laßt mich schlafen, Herr Oheim, es ist Nacht, ich wüßt nicht, was ich Euch bekennen soll.« Der Bischof richtete sich auf und rief, halb in Wut, halb in Jammer: »Ei, so wünsch ich doch, du Malefizer, daß dich meine Augen nie erblickt hätten.« Damit lief er zur Tür und schmetterte sie hinter sich zu. Als er weitergehen wollte, sah er, daß ihm einer den Weg vertrat. Es war der Pater Gropp.

12.

Er folgte dem Bischof in dessen Gemach, dort blieb er nah an der Wand stehen, zu Boden schauend, hager und stumm. Die Arme hingen schwarz am schwarzen Kleid herab, aus den Ärmeln kamen die Hände hervor wie zwei große bleiche fleischige Früchte. Er schwieg, weil er die Rede des Bischofs abwartete, obwohl er besser wußte, was in dessen Brust vorging, als dieser selbst. War er doch dazu erzogen, Menschen zu erraten und sie nach seiner Wissenschaft zu lenken, dadurch hatte er die Sicherheit gewonnen, die den Unsichern willfährig macht, und die Kälte, die den Lauen schreckt. Seine Verstandesschärfe hielt der düstern Erfahrung die Waage, die Schwärze, in der er sich bewegte, kannte kein Gesetz als das des blinden Gehorsams, und Leben bedeutete wenig, Geburt und Tod, gegen die Regel und ihre Einhaltung. Doch kann sich niemand seiner Menschenart entziehen, kann nicht ohne geheimes Selbstsein die Kreatur von unsichtbaren Hegern und Befehlern werden, die ihn in eine fertig gezimmerte Welt pferchen, damit er diene und schweige, so ist es nicht, immer bleibt der Kreis, den er außen abschreiten kann, so weit wie der Raum in seiner Seele, sonst hätte es nicht einen Mann wie Friedrich Spe geben können, Jesuitenpater wie der bischöfliche Kanzler, doch so verschieden von ihm wie unirdischer Stoff von irdischem, der zur selben Zeit trostbringend und leidheilend (so gut er's eben vermochte) als Hexenbeichtiger durch die Städte der fränkischen Bistümer wanderte und den Ketzerrichtern ein Dorn im Auge, dem Pater Gropp aus vielen Gründen ein Dorn im Herzen war.

Lossagung vom Junker war es, was der Pater Gropp zuvörderst vom Bischof verlangte. Der Bischof begehrte auf, sein Zappeln und Schelten verbarg nur schlecht die Furcht, die er vor dem Jesuiten empfand, der seinerseits so unerregt sprach, als läse er die Titel von einem Index ab. Bereits in dieser ersten Unterredung fiel das Wort Zauberei. Daß der Junker sich des todeswürdigen Delikts schuldig gemacht, litt keinen Zweifel, es handelte sich nicht mehr um Verdacht, da war Tatbestand und Beweis, wenn anders sich die Pestilenz, von der alles im Schloß und die Jugend in Stadt und Landschaft angesteckt war, aus dieser Quelle herleitete. Offensichtlich war der eingerissene Verderb, die Aufgelockertheit, die Wortlüsternheit, der Wahn und Rausch, in den er sie versetzte, das Schalksnarrentum, die Verminderung des Wohlanstands und der respektvollen Distanz, die Verkettung ihrer Gedanken mit den verruchten Gebilden, die seit der Anwesenheit des Junkers sogar in die Sinne der Ehrenfesten Eingang gefunden, wodurch das gemeine Wesen in Gefahr der Auflösung geriet. Dergleichen hatte sich schon ereignet. Hundert Jahre war's her seit den Böhaimischen Unruhen, die das Volk im Tauberkreis und Maingau ergriffen hatten; der Herr Bischof hatte nie davon gehört, Pater Gropp zögerte nicht mit der Belehrung. Ein schwärmerischer Jüngling, Hans Böheim, Bauernsohn aus Helmstadt im Taubergrund, zog mit Pauke und Sackpfeife auf Kirchweihen und Tanzfesten umher und verwirrte die Bauern mit Weissagungen und Predigten; die Reichen sollten sich ihres Reichtums entäußern, damit die Armen satt zu essen bekämen, Wald, Wasser und Luft, Wild, Fische und Vögel sollten jedem zur Benutzung frei sein, kirchliche wie weltliche Herrschaft werde enden, keiner werde mehr besitzen als der andere und Fürsten und Herren würden um Tagelohn arbeiten wie der Knecht. Die Dorfbewohner kamen mit Gaben zu ihm, Wachskerzen spendeten sie für die Kirche von Nicklashausen, wo er seinen Sitz hatte, Scharen von Pilgern strömten herzu, und sobald der Narr erschien, warf sich die Menge vor ihm nieder und flehte um seinen Segen. Heiliger Jüngling, bitt für uns, schrien sie, den Jüngling nannten sie ihn schlechtweg, das Hänselein, und die Frauen schnitten ihre Zöpfe ab, rissen die Brusttücher und spitzen Schuhe herunter, die Männer opferten ihre Brettspiele und Karten auf einem großen Feuer, wenn er sie nur anredete, waren sie verzückt, denn auch er war mit dem Schein der Unschuld und Schönheit ausgerüstet wie viele seinesgleichen, und wäre der Bischof Rudolf von Scherenberg, der dazumal regierte und ein schwacher Herr war, nicht vom Erzbischof Diether von Isenburg zu richterlichem Einschreiten gedrängt worden, die aufgewiegelten Horden hätten die Mauern von Würzburg erstürmt, die Stadt geplündert und ihn selber erschlagen, so aber bemächtigte man sich rechtzeitig des zauberischen Buben, der noch auf dem Scheiterhaufen sein Satanswerk vollführte, indem er Hymnen zum Preis der Jungfrau sang, bis der Rauch seine Stimme erstickte. »Jetzt habt Ihr das nämliche Unheil vor Euch«, schloß der Pater, »auch über den Junker von Ehrenberg hat der Böse sein lockendes Kleid gebreitet, hat ihm Reiz und angenehme Gebärde verliehen, Schelmerei und das schmeichlerische Wort. Handelt sonach, wie es Euch Euer Gewissen und Euer Seelenheil vorschreibt.« Der Bischof jammerte: »Laßt mir Zeit, ich will's bedenken, laßt mich's überschlafen, was rechtens ist, soll geschehn.« Der Pater hatte gegen eine Frist nichts einzuwenden; mit Verhaft und Verhör konnte er erst vorgehen, wenn der Bischof die Bewilligung erteilt, aber deren war er gewiß, und es verschlug ihm nichts, zu warten. Der Bischof lag stundenlang im Gebet und enthielt sich der Speise, ihm dünkte, die Luft sei dick von dämonischem Atem, er verbot, daß der Junker zu ihm komme, er verbot es sich selbst, dann spürte er Reue und Verlangen, zeigte sich rastloser denn je und wurde vor den Augen seiner Leute zum Türenhorcher. »Vielleicht kann man es bei der Exorzierung bewendet sein lassen«, schlug er am Abend dem Pater vor. Der Pater lächelte, was ihm übel zu Gesichte stand. »Feilscht Ihr mit mir um seine Seele, Herr Bischof?« fragte er mit kaum sich öffnenden Lippen. »Und wenn ich's täte?« rief der Bischof in furchtsamem Ärger. »So wär's ein schlechter Handel«, gab der Pater trocken zurück, »am Ende würdet Ihr zu Euerm großen Schaden draufzahlen.« Der Bischof sann abermals auf Zeitgewinn. »Laßt ihn selber kommen, hört ihn selber«, murmelte er. Der Pater schüttelte in verächtlicher Melancholie den Kopf. »Worauf hofft Ihr?« forschte er bitter. »Daß mich der Irrwisch in die Büsche lockt? Ihr wißt, Herr Bischof, daß der Satan in einem Menschenleibe sich nicht von dannen rührt, wenn man ihn glimpflich anfaßt, sondern nur, wenn man ihn hart befragt.« Der Bischof begann zu zittern, gerade das war es, wogegen er sich, in diesem einen Falle, sträubte. Es auszudenken war Grauen, doch wo das Grauen am dichtesten schwelte, lockte eine Lust. Der Pater las in der geschlängelten Falte auf der Stirn des Greises und sah, daß ihn förderte, was er las. »Ihr könnt ihn zärtlicher ans Herz schließen, wenn er Euch in der Pein als seinen wahren Wohltäter erkennt«, sagte er düster und in einer Eingebung, die sein Inneres stärker erhellte als sonst ein Wort aus seinem vorsichtigen Munde, »habt Ihr's nicht oft erfahren: beim Schreien des gemarterten Teufels lobsingt das Blut in unsern Adern wie Engelschöre; Zeuge zu sein von der Qual des Bösen reinigt, und doppelt lieben wir den, der uns in seinem Jammer erkennen läßt, daß wir verblendet waren und daß wir uns seinem geläuterten Leibe zuneigen dürfen.« Der Bischof erblaßte, wenn das Grauwerden seiner schlottrigen Backen so zu nennen war. Ihm war als stehe er in einem Kreis von Trichtern, in jedem einzelnen konnte er, durch die Verengung schauend, die Bilder gewahren, die zu vielen Hundert Malen seinen Geist in schauerliches Entzücken versetzt hatten, nicht allein, weil sie ihm die Gewähr gaben, daß er sich um die Herrlichkeit des Glaubens verdient machte und den Erzfeind an der empfindlichsten Stelle schlug; nicht allein, weil ihn die bebenden Leiber, die Todesseufzer, das zerrissene Fleisch, in Strahlen aufschießende Blut, das erstickte Stammeln und markzerschneidende Schreien unmißverstehlich versicherten, daß ihm ebensoviel dämonische Versuchungen und Bedrohungen erspart blieben, als da arme Sünder und Sünderinnen unter der Faust der Folterknechte winselten; es war auch etwas anderes dabei, Unerforschliches, nachtdunkles Wohlgefühl, das die Brust ausdehnte und zusammenzog, als ob sie das Innere einer von Melodien durchbrausten Orgel wäre. Es konnten zahllose Kammern sein, in die er durch die Trichterlöcher schaute, es war vielleicht nur eine einzige von zahllosen Opfern bevölkerte, aber das unersättliche Auge fiel stets auf den Pater Gropp, der als grauer Schatten durch den Purpurdunst schritt, um zu prüfen, welches Maß von Schmerz ein Mensch ertragen kann, damit er in blutiger Nacktheit sein Geschlecht vergesse und in die ausgebreitete Hand Gottes stürze wie ein vom Sturm verwehtes Sandkorn in eine schützende Mulde.

Der Bischof zauderte und zauderte. Sein Schwanken war Fieber, er faßte den Plan, den Junker entführen zu lassen und sprach mit dem Bruder Felician darüber, eine Stunde später wußte es Gropp und traf Vorkehrungen. In der darauffolgenden Nacht forderte er nachdrücklicher als bisher die Entscheidung. »Hängt Euch nicht an ein Trugbild, Herr Bischof«, warnte er. »Joannes de Rubescissa sagt: der Dämon weiß, wem er die Lüsternheit des Gaumens beibringt und den Antrieb zur Lust, wen er durch Freude verwirrt, durch Trauer verdunkelt, durch Traum verführt. Habt Ihr nicht gelesen, daß zum heiligen Parthenius, der Bischof war wie Ihr, Bischof von Lampsacus, ein Mann von unreinem Geist gebracht wurde, daß der Mann den Heiligen grüßte und der den Gruß nicht erwiderte, weil er mit einem einzigen Blick seines Seelenauges den Dämon in ihm erkannte? Warum gibst du mir nicht die Ehre des Grußes? fragt der Mann; ich habe dich gesehen und erkannt, warum du mich nicht? Der Heilige antwortet: Wenn du mich wirklich gesehen und erkannt hast, so verlasse das Geschöpf Gottes. Der Dämon ruft bestürzt: Willst du mich denn aus meiner Wohnung treiben? Ich bitte dich, gib mir wenigstens eine Frist. Ist's nicht schon zu lange, daß du hier deine Wohnung hast? fragt der Heilige. Von Jugend auf, entgegnet der Dämon, und nie hat mich jemand erkannt außer du in diesem Augenblick. So ist es überliefert, Herr Bischof. Auch ich, obwohl ich mich in keinem Stück mit jenem Heiligen vergleichen kann, auch ich habe gesehen und erkannt.« Der Bischof riß erschrocken die Augen auf. »Wie denn? Zu welchem Zeitpunkt denn? Laßt hören, Gropp«, murmelte er verstört. Der Pater näherte sich dem Bischof und sagte, indem er seine sägende Stimme dämpfte: »Seit dem Tag, da ich des Junkers zum ersten Male ansichtig geworden, fühlte mein Geist die Lähmung durch höllische Phantasmagorie. Ist Euch nicht schon selbst die Ahnung gekommen, Herr Bischof, daß er in Wirklichkeit gar nicht existiert?« – »Wie? Nicht existiert? Um Gottes und Christi willen, wie meint Ihr das, Gropp?« lispelte der Bischof und bekreuzigte sich. »Es ist nur Spiegelung, was wir von ihm gewahren«, antwortete der Pater, »phantasmagorisch wie sein Wesen ist auch seine Person. Zwingt ihn, zu erscheinen, und Ihr werdet von der Magie befreit sein, die von ihm ausströmt. Da habt Ihr das Rätsel, da ist seine Deutung.« Der Bischof erhob sich, die Beine trugen ihn kaum. »Demnach wäre es nur ein dämonisches Gespenst, das mir mit dem Schein der Leiblichkeit vor den Sinnen schwirrt?« hauchte er. Der Pater nickte stumm. »Und Ihr meint, daß wir erst sein wahrhaftes Ich aus dem grausigen Schlund heraufholen müssen?« Der Pater nickte. »Im Spiegel drin, da ist er«, fuhr der Bischof fort, schlüpfte mit den Händen in die Ärmel der Soutane und schritt verzweifelt auf und ab, »da spricht er, erzählt er, lacht er, zaubert er, und im Raum ist nichts von ihm da, nicht ein Haar seines Leibes von ihm da?« Der Pater nickte. »Ich habe es erlebt«, sagte er und erhob langsam die Lider, hinter denen die flüssige Schwärze der Augen schillerte, »indem er mich nötigte, seine unwirkliche Existenz für eine wirkliche zu nehmen, war ich selber in Gefahr, meine wirkliche einzubüßen. Ich ging zum ersten Male hin, ich ging zum zweiten Male hin. Ich ging nach Ehrenberg hinaus und sah ihm zu und folgte ihm unbemerkt. Es war als hätte sich alle Wahrheit, deren ich bis zu einem gewissen Grad teilhaftig geworden, in Lüge und Verzerrung gewandelt. Er ist der Lügenschein. Er ist der Widersacher und die Widersach in einem.«

Den Junker Ernst als den Widersacher zu benennen, war aus einer dem Pater Gropp vielleicht unbekannten Tiefe seines Innern gesprochen. Hätte er ihn gebilligt und angenommen, so hätte er sich vertilgt und von der Bahn hinabgestoßen, auf der er mit eiserner Überzeugung wandelte; hätte er ihn nur zu verstehen gesucht, so wäre er schon ein Anderer gewesen, nicht mehr der Hasser des aus sich selbst erblühten

Lebens, Verfolger der frei spielenden, schwerlos schwebenden Kreatur. Eben der trat er entgegen, als Bändiger, um sie in Ketten zu legen, damit sie seinem Geist gefalle und dem Herrn untertan war, für den auch er in Ketten ging. Du sollst nicht schweifen, dieweil ich in Ketten gehe, sagen diese; du sollst nicht lachen, dieweil ich erstarre vor der Verderbnis der Welt; du sollst nicht spielen und deine Gefährten ergötzen, indes meine rächende Hand nach dem Herzen der Menschheit greift, um mir seinen Schlag gehorsam zu machen; ich darf dich weder wissen noch sehen noch fühlen, denn du bist das sündhaft Abgelöste und mußt vor mir vergehn, sofern ich Bestand haben soll auf der Erde. So hätte er auch zum Baum reden können, zu einem schönen Tier, zu einer singenden Stimme, wäre sie nur vor seinen Augen so in die Greifbarkeit gewachsen wie dieser Mensch oder hätte sein Denken dieselbe grausame Folgerichtigkeit gehabt wie sein Handeln; aber es gibt einen Punkt, wo der kühnste Vernichter an das Gesetz der Gestirne und Gezeiten geschmiedet ist, und da muß er innehalten, da bricht seine Macht, das weiß er, und darum ist er so finster und so schweigsam.

Der Bischof, in seiner Not, entschloß sich zu einem letzten Versuch, zu einem, der seine Einfältigkeit und seinen abergläubischen Wahn aufzeigte, wobei ihn aber Pater Gropp gewähren ließ und sich begnügte, den seine Stunde erharrenden Zuschauer zu machen. In aller Frühe wurde einer der oberen Säle des Palastes bis zu halber Höhe der Mauern mit schwarzem Tuch ausgeschlagen. Auf einem schwarzverhangenen Tisch stand ein fünfarmiger Leuchter, und als die fünf Kerzen angezündet waren, gab der Bischof den Befehl, daß man den Junker Ernst hole. Man mußte ihn aus dem Schlaf wecken, und bis er sich gewaschen und angekleidet hatte, dauerte es eine gute Viertelstunde. Der Bischof war während der Zeit hinausgegangen, der Pater Gropp stand regungslos an der schwarzen Wand, den Blick zur Erde gekehrt. Da er von der Tür her helles Knabengelächter vernahm, schaute er unwillig empor. Der Bischof und der Junker waren auf der Schwelle zusammengestoßen; aus einem verschwiegenen Ort im Flur kommend und nach seiner Gewohnheit fahrig und kurzsichtig vorwärtslaufend, hatte der Bischof den Knaben nicht bemerkt und rannte ihn beinahe um. Der Junker hatte gesehen, woher der Oheim des Wegs kam, und als er nun so närrisch zu lachen begann, fragte ihn der Bischof unwirsch, weshalb er lache. Er habe an eine komische Geschichte denken müssen, antwortete der Junker. Was für eine Geschichte? Schon wieder eine Geschichte, immerfort Geschichten, nun, was für eine denn? drängte er, als Ernst nicht recht mit der Sprache heraus wollte. »In einer Stadt«, erzählte der Junker mit heiter zuckenden Lippen, »lebte ein reicher Bürger, der Geschäfte mit der kaiserlichen Majestät betrieb, und da er nicht mit sich im reinen war, ob er darüber mit seiner Ehefrau sprechen könne, beschloß er zu erproben, wie es um ihre Verschwiegenheit bestellt sei. Zu dem Zweck vertraute er ihr eines Tages an, daß ihm, während er auf einem gewissen Ort war, ein Rabe aus dem Hintern geflogen sei. Die Frau erstaunte und erschrak, sann eine Weile hin und her, konnte aber dann doch nicht anders als das Geheimnis einer Nachbarin zu berichten. Aber da waren es schon zwei Raben. Die erzählte es einer andern Nachbarin, da waren es drei Raben, und so wurden es immer mehr Raben, bis es, als die Kunde zu dem Bürger zurückkam, vierzig Raben waren, die ihm aus dem Hintern geflogen sein sollten, und um zu verhüten, daß es nicht noch weit mehr solche Unheilsvögel würden, versammelte er seine Mitbürger um sich und erklärte ihnen das böse Gerücht. Die Frau aber, da er sie als so geschwätzig erkannt hatte, ließ er natürlich nichts von seinen Angelegenheiten wissen.« Er brach von neuem in Gelächter aus, der Bischof verzog wider seinen Willen das Gesicht zu einem krampfhaften Schmunzeln, sah aber scheu in die Richtung, wo gleich einem im Stehen Schlafenden sich der Pater befand. »Paß auf, herzliebes Söhnchen«, wisperte er dem Jüngling zu und legte seinen Arm um dessen Nacken, »wir werden anitzt etwas mit dir vornehmen, und du mußt dein Bestes tun, mußt alle Kräfte zusammenraffen, damit der Ausgang für dich günstig sei.« Der Junker schien erst jetzt die schwarzen Vorhänge und die brennenden Kerzen zu gewahren. Sein Gesicht verfärbte sich, und er fragte: »Was ist's, Herr Oheim?« Der Bischof näherte seine lederharte Wange der weichen des Junkers, und da ihn die Bartspitzen kitzelten, bog Ernst den Kopf zur Seite. »Fürcht dich nicht, Söhnchen«, schmeichelte der Bischof, und vor unsinniger Zärtlichkeit bebte seine alte Stimme, »fürcht dich nicht, tu nur alles, was ich dir sage.« Da erscholl die Stimme des Paters: »Ich denke, Herr Bischof, es ist genug an dem.« Gleichzeitig kam aus dem Winkel, hinter einem Betpult hervor, das Murmeln eines lateinischen Gebets. Dort kniete der Bruder Felician, Ernst sah nichts von ihm als seine langen eckigen Ohren unter dem Skapulier. Der Bischof trat in die Mitte des Raums, seine Züge verzerrten sich auf einmal zu schrecklicher Bosheit und Strenge, und er kreischte: »Zeig dich, Unhold! Zeig dich nunmehr in deiner wahren Gestalt!« Voll beklommenen Staunens schaute der Junker nach ihm hin. »Bin ich's, zu dem Ihr redet, Herr Oheim?« fragte er schüchtern. »Zeig dich in deiner wahren Gestalt oder sei verflucht!« schrie der Bischof in gellendem Diskant. »Ich bin ja da«, flüsterte der Junker. »Nicht du bist's, dein Dämon ist's«, war die zornige Entgegnung, »stoß ihn von dir, damit du bist.« Der Junker, unwillig und mit erwachendem Stolz, gab zurück: »Was Ihr da sagt, Herr Oheim, kann ich nicht verstehn.« Der Bischof reckte die Arme in die Luft: »So beschwör ich dich zum letzten Mal, im Namen des Vaters, des Sohnes und des heiligen Geistes, erscheine mir in deiner Wirklichkeit!« Der Junker schaute sich um, Schlimmes ahnend. Er sah die regungslose Figur des Paters abgewendet stehen und schlug beide Hände vor die Augen. »Gott gnad mir«, flüsterte er und sank auf die Knie; und wieder »Gott gnad mir«, und als er die Blicke auf das grausig zerrissene Gesicht des Bischofs richtete, rief er: »Anders kann ich nicht werden, Herr Oheim, so will ich bleiben, wie ich bin, und wär ich nicht, wie ich bin, dann wollt ich werden, wie ich bin.« Jetzt erhob der Pater Gropp triumphierend das Haupt. Der Bischof sagte mit verflackernder Stimme: »So möge das Recht seinen Lauf nehmen, Pater Gropp.« Zwei Soldaten von der Schloßwache traten ein und ergriffen den Junker.

13.

Die erste Nachricht von der Gefangensetzung des Junkers gelangte nach Ehrenberg durch einen Botenreiter, der nach dem nördlichen Spessart unterwegs war. Von ihm erfuhr es Wallork, der es nach seiner mürrisch-verschlossenen Art und weil ihn das Alter schon schwachsinnig gemacht hatte, für sich behielt. Weitere Botschaften, von Jägern und Landstreichern herzugetragen, ließen nicht lang auf sich warten. Der tauben Lenette wurde es vom Amtsschreiber von Randersacker mitgeteilt, der aufs Schloß kam, um die Viehsteuer einzuheben. »Auf Befehl des Bischofs wegen Zauberei in das Gefängnis bei der Münze verbracht.« Da war sicher nichts geflunkert oder übertrieben, wen verschonte denn der Bischof in seiner Angst und seinem Aberwitz. Die Lenette stand eine Weile da, als hätte sie der Schlag gerührt. Dann sagte sie trotzig: »Das glaub ich nicht.« Zu Mittag war noch kein Feuer im Herd. Zum Magister war das Gerücht auch bereits gedrungen, ihn konnte es nicht überraschen, wenn er sich die Worte und das Gehaben des Jesuiten in Erinnerung rief. Er verfaßte noch denselben Tag eine Epistel an seinen Freund, den Propst Lieblein in Würzburg und bat ihn um Hilfe bei der Angelegenheit. Den Brief schickte er durch einen Hirtenbuben in die Stadt. Am Abend bekam er die Antwort. »Ich kann Euch nicht helfen, amicus, ich kann Euch nicht einmal raten«, schrieb der Propst, »in unserer Welt geht alles drüber und drunter, will sagen die Unvernunft drüber und der Verstand drunter und bald werden wir am Ende sein, was wäre da noch für einen alten Mann zu erklecken? Rührt Euch nicht vom Fleck, das ist der beste Rat, den ich Euch zu erteilen vermag. So Ihr Euch aber doch auf den Weg und herüber begeben wollt in unsere bescheidene Behausung, will ich Euch mit dem Pater Spe zusammenbringen, einem klugen und frommen Mann, wie es wenige mehr gibt im Heiligen Römischen Reich, vielleicht kann der Euch nützen, er wird am Sonntag Peter und Paul bei mir zur Nacht speisen.« Die Mahnung, er solle sich nicht vom Fleck bewegen, fiel beim Magister Onno nicht auf unfruchtbaren Boden, das war's was er wollte, unbelästigt und ungeschoren bei seinen Folianten und Scripturen bleiben. Nach der Abreise des Junkers hatte sich niemand um ihn gekümmert, und trotzdem es hier kein Amt mehr für ihn gab, hatte er sich nicht entschließen können, Ehrenberg zu verlassen. Wohin hätte er auch gehen sollen, er wußte keinen Ort auf der weiten Erde, wo er Unterschlupf finden konnte. Aber da es nun um Wohl und Weh des Junkers ging, bemeisterte er seine Schwerfälligkeit und Weltscheu, und am Abend vor der Wanderung nach Würzburg vertraute er der Lenette an, was für einen Gang er vorhatte, auch daß er sich nicht eben viel davon versprach. Das grauhaarige alte Mädchen saß elend vor dem Herd, und ihr verrunzeltes Gesicht erhellte sich ein wenig; obschon sie die Person des Magisters ziemlich gering einschätzte, hegte sie doch einen dumpfen, dem Aberglauben ähnlichen Respekt vor seiner Gelehrsamkeit, man konnte ja nicht wissen, ob er nicht ihren Junker zu retten vermochte. Es war alles anders, seit der Junker Ernst fort war, die Treppen waren doppelt so schwer zu steigen, das Holz doppelt so schwer zu spalten, jede Nacht war wie ein Grab, der Wald wuchs überm Dach des Hauses zusammen. Ohne ihn fühlte sie sich als ein erbärmliches Stück Mensch, und wenn er gleich tagelang nicht nach ihr hingesehen hatte, er war doch da und ging und kam, man schürte Feuer für seine Suppe, wusch das Linnen für sein Bett, flickte das Hemd für seinen Leib, fast wie eine Mutter.

Und die Mutter, was machte die derweil? Sie wußte nicht einmal, wie es um den Sohn stand und was ihm drohte. Niemand hatte ihr was gesagt. Niemand außer Lenette hatte bei der Kunde an sie gedacht. Niemand sprach davon, daß sie die Mutter war, daß das Unglück am meisten sie anging. Niemand kam in ihre Nähe, und sie ihrerseits verlangte keinen Menschen zu sehen. Gestern hatte Lenette sich vorgenommen, ihr alles zu sagen, kaum hatte sie den Namen des Junkers ausgesprochen, so hatte ihr die Freifrau heftig zugewinkt, sie möge schweigen. Da schwieg sie. Doch überlegte sie sich, wie sie die Frau geliebt und wie sie ihr ein Leben lang gedient und wie sie zum traurigen Schatten geworden war, mannlos, sohnlos, gottlos, was sollte daraus werden. Sie ging, und diesen Abend, als der Magister mit ihr geredet, kam sie wieder. Kerzen flackerten im Gemach, die Freifrau schlief noch nicht, sie hatte ein Metallfigürchen zwischen den Händen, eine Diana mit dem Bogen, und liebkoste es, indes ihr Blick geistesabwesend ins Leere flatterte. »Was treibt Ihr da, Gnaden«, sagte Lenette, »Ihr tätet besser, Euch um Euer Kind umzuschauen, statt mit dem heidnischen Unzeug die Zeit zu vertändeln.« Die Freifrau, erloschenen Angesichts, murmelte: »Warum ist er von mir weggegangen?« Lenette glaubte nicht recht gehört zu haben, sie hielt die rechte Hand wie eine Muschel ans Ohr und beugte sich gegen das Bett der Herrin. Aber Theodata schüttelte langsam den Kopf, und zwischen ihren schön geschwungenen Wimpern glänzten Tränen. Lenette stammelte: »Dauert es Euch, Gnaden? Wahrhaftig? Ist Euch das Herz im Leib erweicht worden und gedenkt Ihr seiner wie eine richtige Mutter?« Mit matter Geste wehrte die Freifrau die zudringlichen Fragen ab. »Magst mich immer nach deiner Weise verstehen«, sagte sie bitter vor sich hin, »wen hätt ich, der mich nach meiner verstünde? Wär ich Mutter, so wär ich Weib und hätt auch ein Herz und hätt nicht das Leben vertan und hätt ihn aufgezogen und besäß ihn für gewiß. Schlechtes Gewissen macht schlecht.« Da nahm Lenette, die jede Silbe aufgefangen hatte wie ein Dürstender das Wasser, ihren ganzen Mut zusammen und sagte: »Der Würzburger Henker hat ihn gefaßt, und er schmachtet im Kerker, Gnaden.«

Theodata sprang auf als sei das Laken unter ihr in Brand geraten. »Der Bischof?« fragte sie mit Mund, Augen, Händen. Lenette nickte. »Wessen klagt er ihn an?« – »Der Hexerei klagt er ihn an.« – »Und sie werden ihn auf die Marter legen?« – »Das ist zu fürchten, Gnaden.« – »Du lügst, Lenette, du lügst, Verdammte, das kann nicht sein, das soll nicht sein; was stehst du da, was stehn wir da, worauf warten wir, nach Würzburg, gleich, gleich, mein Mantel, meine Schuh, nach Würzburg, zum Bischof, glotz mich nicht an, schnell, schnell!« Dabei lief sie barfuß und im Nachtgewand im Zimmer herum und griff besinnungslos nach allerlei Gegenständen, die sie alsbald wieder von sich schleuderte. Die Lenette, freudig betroffen von dem Ungestüm, auf das sie nicht vorbereitet war, hielt es gleichwohl für notwendig, sich dem entsetzten und angstvollen Eifer der Herrin entgegenzustellen und sie zur Geduld bis zum Morgen zu ermahnen, da es unmöglich sei, den Weg bei Nacht anzutreten, zu weit sei es für die zarten Füße der Freifrau, zu groß die Unsicherheit der Straßen, wenn Wallork gleich jetzt nach Rimpar gehe, um eine Kalesche zu holen, könnten sie in aller Frühe fahren und hätten nichts versäumt. Es bedurfte vieler Bitten und Beschwörungen, um die Freifrau zum Warten zu bewegen. Sie lief beständig auf und ab, als wolle sie die Zeit jagen, auf und ab mit gefalteten Händen und heiserem Flüstern.

Seit der Stunde, wo der Junker von ihr Abschied genommen, war in ihrem Innern die Sehnsucht zum Sturm angewachsen. Wie er vor ihr gestanden war und gewartet hatte, worauf gewartet? Sie wußte es so wenig wie er selbst, war alles wiedergekommen von jener einen unseligen Nacht, sie sah den roten dicken Hals des Vaters und um ihn geschlungen die Ärmchen des Kindes, sie hörte den nie verklungenen Schrei in ihrer Brust: so wirst du werden, Mann artet nach Mann. Nun suchte sie die Züge, lauerte bang auf das Gräßliche, das sie schon einmal ins bodenlose Elend hinuntergeschleudert hatte, traute keinem Augenschein, wagte keinen zu sehen. Als der Knabe sie dann verlassen hatte, dünkte ihr, sie habe ihn vergessen, sie schritt von Fenster zu Fenster, schaute in den Brunnen, schaute in den Himmel und vergaß, vergaß. Sie trällerte ein leichtsinniges Liedchen und vergaß, vergaß. Aber etwas in ihr wollte nicht vergessen, konnte nicht, er ist ja anders, sagte das Etwas, schau ihn doch an, hat ihn die Natur nicht wie zum Gegensatz erschaffen, als solle er das Bild seines Vaters austilgen? Und wieder vergaß sie, ließ sich hoffnungslos und müde machen von den vielen tückisch aufeinanderfolgenden Jetzts. Das Vergessen war stets mit dem Frieren verbunden, sie schlug mit dem Hammer auf die erzene Glocke, und als die Lenette kam, jammerte sie: mich friert. Draußen war's so heiß, daß die Katzen die Sonne mieden und die Vögel schläfrig wurden, Lenette murrte: »Das glaub ich nicht, Gnaden, daß Euch friert«, warf aber einen Arm voll Spreu in den Kamin und machte Feuer. Da kam nagend und plagend die Sehnsucht nach dem Entschwundenen, mit jeder Stunde ärger, sie konnte nicht mehr vergessen, seine Gestalt, sein Lächeln, seine Stimme, sein Dastehn, alles hatte was unsäglich Lockendes und Liebliches, der Vater wurde völlig zum Schatten, der Sohn allein war da, ihr Sohn, und sie klagte vor sich hin: »Ach vielleicht lebt er gar nicht, vielleicht hab ich ihn bloß geträumt, vielleicht war er mein erster und einziger Traum, und weil er nur in meiner Einbildung ist, weiß er nichts von mir, hat mich nie gesehn, kennt nicht mein Gesicht, ach Gott, was soll ich tun, wie soll ich's machen, daß er mich glaubt, daß ich ihm bin.« Unter so verstörten Anrufungen, die wie ein geisterhafter Widerhall der scholastischen Konklusionen des Pater Gropp waren, oder nachdem sie das silberne Figürchen gepackt und leidenschaftlich geflüstert hatte: gib mir einen Rat, holde Diana, eilte sie in der Nacht, mit der brennenden Kerze in der Hand, durch die Räume des alten Hauses, schließlich sogar auf den Dachboden hinauf, um durch eine Luke gen Süden zu schauen, wo sie die Stadt Würzburg wußte. Ungeheuer breitete sich die Finsternis zwischen den hölzernen Pfeilern, das vielfach überschnitten und verzweigt aufstrebende Gebälk sah aus wie das Wurzelgeflecht eines riesigen Baumes, der zu den Sternen hinaufwuchs, rings lagen Haufen unversponnener Wolle, Späne, Kehricht und Fetzenzeug, allerlei Gerümpel von Geschlechtern her, da war die Dunkelheit der Sommernacht draußen, in die sie die Blicke tauchte, wie kühles Bad, und wenn sie die Frösche quaken und das Käuzchen schreien hörte, die Tannenwipfel bis zum Horizont hin sich unter einem sanften Wind bogen, machte sie ihrem gepreßten Herzen Luft, indem sie ein Lied sang, nicht mehr das leichtfertige, ein ganz anderes, von dem sie nicht wußte, wo sie es zum ersten Mal vernommen hatte:

»Die Tränen mich ernähren,
sind meine Speis und Trank,
von Zähren muß ich zehren,
weil ich vor Liebe krank.
Ach wann doch wird erscheinen
der schön und weiße Tag,

daß ich nach stetem Weinen
einmal ausruhen mag.«

Lenette hielt ihr Versprechen, der Wagen war um sechs Uhr am Tor,
sie dachte, der Magister solle die Gelegenheit benützen und mitfahren,
aber der war schon anderthalb Stunden zuvor aufgebrochen. So setzte
sie sich allein zu der Herrin in den Wagen, in ein verschossenes Capuchon gehüllt, da es zu regnen begonnen hatte. Gegen neun Uhr kamen
sie in Würzburg an, im Maintal hatte sich das Wetter geklärt, als die
schwerfällige Kutsche durchs Stadttor rasselte, lagen die Straßen wie
golddurchwirkt in der Sonne. Überall standen die Leute in Gruppen
beisammen, vor den Kirchen drängten sich schweigende Mengen, Erre-
gung füllte die Gemüter, die Stadtknechte sahen finster drein, außer
an den geschlossenen Gewölben der Kaufleute merkte man nichts vom
Feiertag. Kein Wunder, die Raserei des Bischofs hatte in den letzten
Tagen das Erträgliche überstiegen, keine Bürgerfamilie war mehr von
den Angebern verschont, kein Zunftmeister konnte sein Handwerk in
Frieden betreiben, vom Hochzeitstisch wurde die Braut weggeschleppt,
den Säugling rissen sie von der Mutterbrust, und die Mutter zerrten
sie vors Hexengericht, damit war ihr auch schon das Todesurteil gesprochen, ohne ewiges Siechtum durch die Folter kam sie auf keinen Fall
ledig. Einheimische, Fremde, Matronen, Jungfrauen, adlige Damen,
armselige Dirnen wurden in täglichen Bränden geopfert, es fehlten
schon die Hände zum Mordgeschäft und das Papier zum Schreiben,
wo von obrigkeitswegen gemordet wird, da muß auch geschrieben
werden, das ist zu jeder Zeit und in jedem Jahrhundert dasselbe Ding,
wenn der Schreiber nicht schreibt, kann der Henker nicht töten. Trotz
des blauen Himmels, der sich über den verschichteten Dächern dehnte,
lag was Fahles über der Stadt, ein unheimliches Glimmen in den Augen
der Menschen, sie wandelten zu nah am Tode hin, es hauchte sie von
unten her gespenstisch an, in der Luft war ein Flattern von unsichtbaren
Flügeln, das waren die Seelen der Umgebrachten, die sich nicht trennen
wollten von Weib, Kind, Eltern und Geschwistern. In einer Welt, in
der die Wände zwischen Zeitlichkeit und Ewigkeit so dünn sind, daß
sie zwischen heut und morgen zu bersten drohen, werden die Geister
der Menschen über die Grenzen getrieben, von der Verzweiflung zur
Ausschweifung ist nur ein Schritt, so waren alle Wirtshäuser dicht besetzt, das tobende Geschrei der Betrunkenen übertönte die Kirchen-

glocken, in den Gassen des untern Mainviertels, wo die Schiffer und Flößer wohnten, tanzten lachende Paare am Ufer entlang, die Schaubuden hinterm Juliusspital hatten schon zu der frühen Stunde Zulauf, namentlich das Kasperltheater und das Entenschlagen. Neben dem Strom der Hoffnungslosigkeit und dem trotziger Lust war noch einer zu spüren, der sich zwar in der Menge verlor, jedoch bald da, bald dort, auf einer Brücke, vor einem Garten, im Schutz einer Mauer, geheimnisvoll sichtbar wurde gleich wiederkehrenden Strudeln und von Stunde zu Stunde merklicher. Es war als ob gewisse Botschaften umhergetragen würden, als wäre von einem Punkt aus ein Befehl ergangen, der nach verschiedenen Seiten weitergegeben wurde. Manche Bürger blieben jeweils erstaunt auf der Gasse stehen, es dünkte ihnen, wie wenn heute doppelt, dreifach, fünffach so viele Kinder in der Stadt wären als sonst; sie erblickten unbekannte Gesichter, anfangs nur wenige, später Hunderte; woher die nur kamen, fragten sie sich. Es waren bei der auffallenden Bewegung nur Kinder zu sehen, neunjährige, zehnjährige, zwölfjährige, Knaben und Mädchen, auch ältere, dreizehn-, vierzehnjährige, aber die verhielten sich stiller, benahmen sich vorsichtiger. Um Mittag stand ein ganzes Rudel auf dem Domplatz, lautlos, als warteten sie auf wen; als sich ihnen der Feldwebel von der Schloßwache näherte, stoben sie auseinander wie die Sperlinge. In der Gegend des Münzgefängnisses war ein fortwährendes Laufen und Rennen, viele mußten sich in den Gebüschen und Felsenlöchern des Marienbergs versteckt haben, nach dieser Richtung verschwanden die meisten und tauchten an der großen Mainbrücke auf, wenn sie von oben kamen. Schon fingen die Leute an, über das ungewohnte Treiben zu reden und sich zu beunruhigen, aber wenn sie sich um Auskunft an die ihnen bekannten oder auch die eigenen Kinder wandten, erhielten sie keinen Bescheid. Es gab ein Stichwort, das an diesem Peter- und Paulstage von Mund zu Mund der schweifenden Verschwörerscharen flog, ein Wort, das nichts besagte und wahrscheinlich alles bedeutete, es hieß: Mariae Heimsuchung vor Sonnenuntergang.

Die Kalesche der Freifrau fuhr am Portal des bischöflichen Palastes vor. Die Freifrau stieg aus, die Wache ließ sie passieren, als sie ihren Namen nannte, Lenette wich nicht von ihren Fersen. Auf der Treppe stand ein Laienbruder, den forderte Theodata auf, sie zu Seiner bischöflichen Gnaden zu führen, er entgegnete, der Bischof sei beim Hochamt im Dom. Sie sagte, sie wolle warten, ein zweiter Laienbruder, der hinzutrat, meinte, sie werde gar lang warten müssen, nachher sei Empfang der Domherren und Äbte, und dann werde Seine Gnaden wegen der großen Hitze nach Veitshöchheim aufs Schloß fahren. Es war aber nicht die Hitze Ursache dieses Beschlusses, wie alle wußten, sondern weil Seine Gnaden von einer Unrast gepeinigt wurde, die die Bedenklichkeit seiner ganzen Umgebung hervorrief; seit der Gefangensetzung des Junkers hatte er nicht gegessen, nicht geschlafen, auch zum Gebet hatte er sich nicht zu sammeln vermocht. Stimmen von außen waren ihm zugekommen, die von der Erbitterung und bedrohlichen Haltung der Bürgerschaft Kunde gaben, infolgedessen mißtraute er jedem Menschen, jeder Miene, jedem Laut, stellte Wachposten vor die Zimmer, in denen er weilte, sah die Luft voll fletschender Fratzen und hörte allenthalben unheimliche Geräusche. Theodata konnte davon keine Kenntnis haben, aber da das Gebaren der Diener ein Spiegel von der Verfassung des Herrn ist und ihre aufgewühlte Seele in schmerzhafter Empfindlichkeit zitterte, spürte sie die Verstörung des Hauses mit jedem Atemzug, ihre angstvolle Ungeduld wuchs immer mehr dadurch, sie beharrte bei dem Vorsatz, den Bischof sehen zu wollen, und blieb, die schweigende, groß und bestürzt dreinschauende Lenette hinter sich, auf dem Treppenabsatz stehen. Hohe geistliche Würdenträger im festlichen Ornat schritten an ihr vorüber, manche blickten sie verwundert an, manche finster und gleichsam tadelnd, manche freundlich und fragend, manche Gesichter verrieten Kummer oder Versunkenheit, manche Härte und Hochmut. Sie hätte sich mit aufgehobenen Armen vor all die Männer hinstürzen mögen, aber etwas hielt sie in Bann, das stärker war als das Gefühl der Hilflosigkeit: die tiefe Erfahrung von der Unrührbarkeit der Welt, die sie in sich trug, ohne es recht zu wissen. Endlich erschien der Bischof in der Mitte seines Hofstaates, langsam stieg er die Treppe empor, doch kaum hatte er die Freifrau gewahrt, die zwei Schritte ihm entgegen tat, als er zurückprallte und mit schriller Fistelstimme seinen Begleitern zurief: »Schafft sie fort! Schafft mir das Weib aus den Augen!« Darauf war Innehalten, erschrockenes Gemurmel, Staunen, Mißbilligen, Gewirr von Stimmen, der Domherr Franz von Hatzfeld näherte sich der Freifrau, um sie wegzuführen, sie sträubte sich, er sprach ihr dringlich zu, sie aber schrie, die Treppe hinab, dem Bischof ins Gesicht: »Gebt mir meinen Buben wieder, Herr Bischof und Schwager, sonst künd ich vor allem Volk, daß Ihr und nur Ihr allein in diesem Land mit dem Teufel im Bunde seid.«

Das Wort ließ den Bischof erstarren, eine solche Anklage hatte er nie zu hören erwartet, der bloße Gedanke daran war ihm, dessen Leben der Ausrottung des Teufels gewidmet war, so fern wie Gottesleugnung und Zweifel an den Dogmen der Kirche. Sein Entsetzen, dem sich sogleich die eisige Furcht gesellte, man könne ihn zur Verantwortung ziehen, war so groß, daß er taumelte und sich mit den Armen an den Schultern des neben ihm stehenden Paters Gropp festklammerte. Da ihm wohl bewußt war, daß ein Schatten von Verdacht hinreichte und tausendmal hingereicht hatte, Menschen ins Verderben zu stürzen, da die Anzeichen immer nur von andern beschworen, von den Betroffenen aber bis zum letzten Augenblick in verzweifelte Abrede gestellt wurden, traf ihn die Erkenntnis, daß seine Person nicht außerhalb des schrecklichen Zirkels stand, mit einer Gewalt, als zerschelle das Erdreich unter ihm. Es konnte ja möglich sein, der Versucher konnte sich ihm genaht und ihn, auch ihn überlistet haben, alles drehte sich im Kreis, er stieß ein mißtöniges Geheul aus und drückte die schlotternden Lippen auf den Arm des Jesuiten. In der unbeschreiblichen Verwirrung, von der die Anwesenden ergriffen waren, behielt nur die taube Lenette ihre Kaltblütigkeit. Sie erkannte die Gefahr, in der sich die Herrin befand, faßte sie beim Handgelenk und zog sie mit unwiderstehlicher Kraft aus dem Getümmel der geistlichen Herren, die Treppe hinab, über den Flur und zum Palasteingang. Dort schob sie die ihrer Sinne kaum Mächtige in die Kalesche und sprang selber hinein, indem sie dem Kutscher bedeutete, weiterzufahren. Ein Ziel gab sie nicht an, erst als die Pferde in der Richtung gegen das Aschaffenburger Tor liefen, beugte sie sich aus dem Schlag und rief: »Zur Münze! Zur Münze!« Bei der Münze war das Gefängnis. Sie wollte den Versuch machen, ob man sie nicht zum Junker einließe, und erriet damit die Absicht der Freifrau. Als sie hinkamen und Lenette die Bitte vorbrachte, lachte ihnen der Wächter, ein grober blatternarbiger Kerl, ins Gesicht. Da müßten sie schon einen bischöflichen Permeß dazu haben, meinte er anzüglich, und dann sähe es mit dem Wiederherauskommen übel aus. Die Freifrau rang die Hände. Sie rief, sie wollte nicht von der Stelle weichen, Tag und Nacht, und wenn sie auf dem Pflaster schlafen müsse. Allerlei neugieriges, mitleidiges, spottendes, ängstliches Volk versammelte sich um die beiden Frauen, der Wächter alarmierte seine Kameraden, ein Stadtsergeant erschien, vogelhafte Pfiffe erschallten aus den verwinkelten Seitengassen, eh man sich versah, woher sie gekommen waren und wohin sie verschwanden, huschten Scharen der jugendlichen Verschworenen vorüber, und man hörte sie vielstimmig wispern: Mariae Heimsuchung vor Sonnenuntergang. Wer die vornehme Dame war, die ihren Jammer zum Schauspiel der Gasse machte, und wem der Jammer galt, war rasch ruchbar geworden.

Am selben Abend, nachdem sie in ihrer Verzweiflung nochmals zum Haus des Bischofs gefahren, nochmals war abgewiesen worden, sodann aufs Rathaus und zum Bürgermeister, hierauf zum Kommandanten der Stadt, dem Herrn Grafen Philippsburg geeilt war, überall Beschwerde und inständige Bitte erhoben, auf ihr altes Geschlecht und hohe Geburt verwiesen, mit Klage beim Reichskammergericht, beim Kaiser, beim Landgrafen von Hessen, beim König von Frankreich gedroht, abwechselnd geschluchzt, gerast, geschmeichelt, sich gedemütigt hatte und schließlich wie außer sich wieder zur Pforte des Gefängnisses zurückgekehrt war, um, wenn alles fehlschlug, die Wächter mit ihrem Schmuck und ihren Juwelen zu bestechen, nach alledem war sie dort von den Häschern des Bischofs ergriffen und als der Hexerei im hohen Grade verdächtig in einen der unterirdischen Kerker gebracht worden. Die Maßregel ging vom Pater Gropp aus, der Bischof war unfähig, eine Verfügung zu treffen, er hatte grade noch seine Unterschrift geben können, die brauchte der Pater zu seiner Sicherheit, aber der alte Mann hatte dabei wie Espenlaub gebebt und das Bild einer sinnlosen Kreatur geboten.

Der Pater ordnete an, die Freifrau solle noch in der nämlichen Nacht peinlich befragt werden, auch über den Junker, ihren Sohn, und seine Verfehlungen und sündhaften Künste. Hiezu war er nach dem vom Bischof unterschriebenen Haftbefehl berechtigt, während er bisher durch keinerlei Vorstellung hatte erreichen können, daß man auch den Junker selbst durch die Folter zum Geständnis bringe, der Bischof hatte immer gehofft, daß der Junker freiwillig bekennen werde, geschreckt und eingeschüchtert, doch nicht am Körper beleidigt, dazu wollte er seine Zustimmung nicht geben, auch zum Verbrennungstode nicht; wenn alle Bemühungen vergeblich blieben, sollte er enthauptet werden. Dies wurmte den Pater Gropp, doch er versprach sich viel von der Inquisition der Freifrau, bei der der Junker zugegen sein sollte, ihr zarter Organismus würde voraussichtlich keinem ernstlichen Angriff gewachsen sein, und die seelische Qual, die der Junker dabei erlitt, würde vielleicht stärker auf ihn einwirken als die eigene leibliche, bei der ihn der Dämon hartnäckig machen und ihm eine falsche Märtyrerkrone verheißen konnte. Den willkommenen Anlaß zur Gefangennahme der Freifrau hatte die Nachricht gegeben, die zu Mittag in die Stadt gelangt war, daß das Ehrenberger Schloß in Flammen stehe und daß die Bauern und Hirten draußen die Freifrau beschuldigten, den Brand, der im Dachboden ausgebrochen war, wissentlich und vorsätzlich gelegt zu haben. Wohl möglich, daß durch ihr Herumirren mit der Kerze in der Nacht ein Funken auf das leicht entzündliche modrige Gerümpel gefallen war und zwei Tage oder mehr weitergeschwelt hatte; als sie von der Feuersbrunst erfuhr, seufzte sie aus dem Innersten auf und sagte in ihrer unbedachten Weise: »Gelobt sei Jesus Christus, daß das Unglückshaus vom Erdboden vertilgt ist.« Was als ein halbes Bekenntnis gedeutet und vermerkt wurde.

Während sie sich von den Söldnern ruhig festnehmen ließ und von ihnen umringt, plötzlich voll Würde durch das Gefängnistor schritt, das kindlich-schmale Gesicht mit der wächsernen Haut leicht erhoben und von den rauchenden Pechfackeln abgewendet, hatte sich Lenette rasch der Schuhe entledigt und war unter dem Schutz der Dunkelheit katzenfüßig entschlüpft. Eine Stunde später hatte sie den Magister Molitor gefunden; von einem schweren Fieber gepackt, lag er in der Wohnung seines gelehrten Freundes, des Propstes Lieblein. Sie berichtete das Geschehene. Das graue Haar hing zersträhnt über die Schläfen, ihre Kleider waren zerrissen, das Capuchon hatte sie verloren, doch ihre Erzählung war klar und kurz. Sie schloß mit den Worten: »Ich bin ein unwertes Weibsbild vor Gott dem Herrn, aber wenn ich ihn noch glauben soll, muß er jetzt helfen.« Am Bettende saß der Propst mit niedergeschlagenen Augen und schmerzlich verzogenem Mund, ein schöner Greis, im Hintergrund der Stube, wohin kein Licht fiel, lehnte Friedrich Spe an der Mauer.

14.

Er hatte schon viel vom Junker von Ehrenberg gehört, ihm war die ganze Landschaft der beiden Bistümer vertraut, und in den Städten und Dörfern kannte er viele Menschen. So hatte er die wunderbaren Wirkungen des Knaben zu einer Zeit erfahren, als sie noch nicht über den Umkreis einiger Spessartgehöfte gedrungen waren, aber jedesmal, wenn ihn seine Wanderungen wieder in die Gegend brachten, wurde ihm Neues von dem Märchenerzähler berichtet und manches, was selber wie Märchen klang. Bisweilen hatte es ihn verlockt hinzugehen, dabeizusein, zu sehen, zu lauschen, aber da riefen dringendere Geschäfte, zu viel Unglückliche gab es, die nach ihm verlangten, er durfte sich nicht aufhalten bei frohen Dingen. Ob das frohe Ehrenberger Ding auch ein frohes Ende nehmen würde, das dünkte ihn eh und je zweifelhaft, er konnte sich's nicht reimen mit der sonstigen Stimmung im Lande, wie dem Bauern und dem Städter zumute war, was die Herren mit Knecht und Froner trieben. Er hatte wenig Heiteres gesehn und erlebt, was an Hoffnung noch in ihm war, magerte mit jedem Jahr ab, bis nichts mehr übrig war als eine dürre Ranke, an der sich sein Geist mit edler Beflissenheit aufrechthielt, bestrebt nach Umschau und Annäherung an das Göttliche. Manche macht der Kummer lahm, ihn machte er beweglich und behend, manche fliehen in die Einsamkeit, wenn das Gesicht der Welt sie in seiner knöchernen Wahrheit anstarrt, er nicht, er blieb unter den Menschen und trachtete danach, nicht müde zu werden, ihrer nicht, ihrer Taten nicht. Die Liebe drängt mich und brennt in mir, sagte er und ging weiter, und während ihn der Anblick der Leiden und der Verrichtungen des Wahns erstickte wie Qualm in einer unterirdischen Höhle, dichtete er die schönen Lieder der Trutznachtigall. Er hatte keinen Besitz, ihn gelüstete nach keiner Ehre, keinem Dank, keinem spiegelnden Zeichen seines Wirkens, aber die Armen und Geschändeten legten die Zeugnisse davon am Throne Gottes nieder. Er war aus einem alten Geschlecht, sein Vater war Burgvogt des Kurfürsten Gebhardt Truchseß von Waldburg gewesen, im Jesuitengymnasium zu den drei Kronen hatte er studiert und war Jesuit geworden, weil er in die fernen Missionen hatte gehen gewollt, das allein hatte seine jungen Jahre erfüllt, er hatte es dem Ordensgeneral Mutius Vitelleschi einst geschrieben: Indien hat mein Herz verwundet. Aber bald sah er, daß ihn die Heimat nötiger brauchte und die unerlösten Heiden noch warten mußten, solang es die Christen trieben, wie sie's trieben. Da fing er an, von Ort zu Ort zu wandern, ein leibhaftiges Licht: Als wie die schön gezündte Kerz / sich selber muß verzehren / weil aus ihr selbst das brennend Herz / sich selber muß ernähren / also verzehrt sich alles gleich / auf dieser Welt geschwinde / da fließt es her in einem Streich / die Kerze steht im Winde. Den unglücklichen Frauen, die die lebendigen Fackeln abgeben mußten in der Finsternis des Jahrhunderts, wurde er zum Führer in das Tor des Todes und ließ den Glauben an eine Überwelt in ihnen erblühen, deren Gestalt und Sinn er mit Worten, so frisch und rein wie der Anfang des Lebens, aus der Tiefe seiner Seele formte. Das mochte der Grund sein, weshalb ihn dünkte, ein unsichtbarer Faden liefe von ihm zum Junker von Ehrenberg, und wenn jemand seinen Namen nannte, war ihm, als empfange er Nachricht von einem jüngeren Bruder, den er nie gesehen, es war was Fremdes und Abscheidendes da, aber auch was Blutnahes und Verbindendes. Lang hatte er ihn aus den Gedanken verloren, wußte nur, daß er bei seinem Oheim, dem Bischof weile; die aberwitzige Wut des Bischofs raubte Spe seit Jahr und Tag den Schlaf; er hatte sich nichts Erprießliches von dem Aufenthalt des Jünglings in der Umgebung des Bischofs versprochen, das Schlimme kam bälder, als er gedacht; als er vom Propst Lieblein vernahm, sie hätten den Junker in den Kerker geworfen, beschloß er gleich, ihn aufzusuchen, dazu hatte er vom Kollegium die Befugnis, es war ihm kraft seines Beichtigeramtes zu jeder Zeit unverwehrt. Still war er bei Tisch gesessen, als der Magister Onno, schon vom Fieber geplagt, um Hilfweisung für seinen Zögling flehte, noch stiller lauschte er der Erzählung der tauben Lenette, die soviel Mut vor den gelehrten Herren nicht aufgebracht hätte, wenn ihr nicht Entrüstung und Schmerz die Zunge gelöst hätten. Still nahm er dann Abschied, vom Propst zur Tür geleitet und ihm die Hand drückend. Er wollte nicht bis zum andern Morgen warten, aber als er ans Gefängnis kam, wurde ihm bedeutet, er könne den Junker nicht sehen, es sei strenges Verbot ergangen, auch für die Patres, ihn zu besuchen. Das Verbot konnte nur vom Pater Gropp erlassen worden sein, Spe schickte den Dominikaner Lambrecht Dynand zu ihm, der gerade von einem Hexenbrand kam, aber der Pater Gropp war nicht zu finden, es hieß, er habe mit dem Bischof die Stadt verlassen, dieser habe nach nichts sonst getrachtet, als sich vor dem vermeintlichen Zorn des Volks in Sicherheit zu bringen. Das geduldige Volk, es wagte nicht zu mucken, der Hexenglauben war ihm zu tief ins Fleisch gebläut. Indessen rief den Pater Spe die geistliche Pflicht zu andern Verdammten, am Morgen erfuhr er, der Freifrau von Ehrenberg seien Daumstock und Beinschraube angelegt worden, der Sohn sei dessen Zeuge gewesen und ohnmächtig vom Platz getragen worden; ob die Freifrau den nächsten Grad der peinlichen Frage überstehen werde, sei zweifelhaft, sie wolle aber keinen Beichtiger vor sich lassen, singe bloß wahnsinnig vor sich hin und liebkose ein

Luftbild, das sie für ihren lieben Sohn halte. Erst am Freitag, dem Tag Mariae Heimsuchung, nach abermaligem Appell an den Pater Gropp, der mittlerweile in die Stadt zurückgekehrt war und die Amtsgeschäfte des Bischofs führte, ward dem Pater Spe der Zutritt in den Kerker des Junkers verstattet.

Der Junker saß auf einer hölzernen Bank, beide Hände hielten das Sitzbrett, er schaute gradaus in die Höhe. Sein Gesicht war verfallen, aber die Augen hatten einen Glanz, daß der Pater den Blick nicht aushalten konnte. Durch ein schießschartenähnliches Fenster fiel schwaches Licht in den modrigen Raum, der dem Innern einer bauchigen Flasche glich; die Decke war hoch gewölbt. Der rechte Fuß des Junkers stak in einem eisernen Ring, von dem eine schwere Kette am Steinboden entlang zu einem andern in der Mitte der Mauerwand befestigten Ring lief. Seine Züge hatten noch nicht den Ausdruck des unermeßlichen Erstaunens verloren über das, was mit ihm geschehen war und geschah. Manchmal hatte er sich jäh erhoben, mit wildschlagendem Herzen, und war, die Kette nach sich schleifend, in der Zelle auf- und abgelaufen, die Mauer antastend, mit den Fingerspitzen an der rauhen kalten Mauer entlang. Er horchte in der Nacht auf die furchteinflößenden Geräusche, die aus dem Haus, von weit oben her, zu ihm drangen oder von unten oder von rechts und links, er konnte es nicht unterscheiden, ersticktes Flüstern war es, dann ein Sägen, ein Pochen, auf einmal ein ferner Schrei wie von einem Pfau. Er konnte es nicht fassen, daß immerfort Mauern um ihn waren, die wuchtige verschlossene Tür, an der jedes Rütteln umsonst war, sie ließ einen nicht hinaus. In den ersten Tagen rührte er keine Speise an, trank nur vom Wasser, nicht aus Trotz, aus Verwunderung. Dreimal hatte man ihn zum Verhör geführt, er verstand die Fragen nicht, statt zu antworten, lachte er, sah sich ungläubig um. Es erschien ihm alles so töricht wie ein unbegreifliches Schelmenstück, das ihm angetan worden, aber im Traum angetan, er fand keinen ordentlichen Zusammenhang und keine Vernunft darin. So erregte er den Zorn des Richters, aber Hand an ihn zu legen durfte man nicht wagen, es war nur erlaubt, ihn mit der Folter zu bedrohen und ihm die Instrumente zu zeigen, aber seine Haltung, sein treuherziges Sicherkundigen, die Furchtlosigkeit, die in ihm war, nicht anders als in einer Pflanze, es verfehlte seinen Einfluß selbst auf die versteinerten Gemüter nicht, Richter, Profoßen und Knechte, die alles schon gehört und gesehen hatten, was das Bewußtsein der Unschuld den Verzweifelten eingibt, gegen alle Beteuerung, alle Qual abgestumpft waren, vor dieser geisterhaften Heiterkeit und halb lächelnden Verlorenheit aber widerwillig-ratlos standen. Oft erstaunte ihn auch das Grausige und die Erwartung der Schrecken nur, das gibt es also auf der Welt, schien er sagen zu wollen, das muß ich mir merken, es war als schaue er sich selber zu, sowie er den andern zuschaute, als seien seine Person und sein Schicksal zweierlei Sachen und er müsse das neue Wissen, das ihm zuteil wurde, erst in sich verweben, in sich verfluten lassen. Dann holten sie ihn, damit er der Marterung der Freifrau anwohnen sollte, sie erachteten es als ein sicheres Mittel, um das Geständnis seiner unholdischen Beschaffenheit von ihm zu erlangen, bei ihr wußten sie sich der Sorge ledig, in ihrer wehleidigen Schwäche würde sie sich schon nach dem ersten Grad als Hexe bekennen. Da hatten sie aber falsche Rechnung gemacht; als die Freifrau, den Knaben gewahrend, mit jubelnd-inbrünstiger Bewegung die Arme nach ihm ausstreckte und alles andere um sich vergaß, die wilden Schmerzen und daß sie dalag, nackt bis zu den Hüften, flüsterte der Junker nach einem glücklichen Aufleuchten in den Augen, denn er sah ja nun, daß er eine Mutter besaß, sie vom Schicksal erwirkt hatte wie die märchenhafte Irina, von der er ahnungsvoll dem Bischof erzählt, flüsterte also: »O du armer Heiland« und sank wortlos auf die roten Fliesen nieder. Alles war rot, die Fliesen, das Feuer, die Fackeln, das Blut, die Wämser der Knechte. Sie mußten ihn forttragen, die Besinnung kehrte erst zwölf Stunden später zurück, sie beließen ihn dann in seiner Zelle, weil der Dominikanerpater Gassner, in der Befürchtung, die Seele könnte dem Malefikanten zu früh entfliehen und die Kirche um die verdiente Beute kommen, es vorerst so anordnete. Nun saß er schon den ganzen Tag auf der Bank, die Hände am Sitzbrett, und schaute. Was gab es denn zu schauen?

Der Pater Spe stand eine Weile stumm, das Haupt gegen die Brust geneigt, dann sagte er leise: »Gott grüß dich, Junker.« Der Junker lauschte, es dauerte ziemlich lang, ehe er antwortete: »Eure Stimme klingt mir sehr angenehm, wer seid Ihr denn?« Der Pater sagte: »Ich bin der Pater Spe, vielleicht hast du mich schon nennen hören, ich bin oft gegen Rimpar hinauf in den Spessart gewandert, am Ehrenberger Schloß oft vorbeigegangen.« Darauf der Junker: »Das kann wohl sein, Pater.« Darauf der Pater: »Wenn ich dir unbekannt bin, so möcht ich, du lerntest mich kennen, dich kenn ich gut.« Der Junker schwieg und schien nachzudenken. »Wenn Ihr mich kennt«, entgegnete er endlich in seinem verwunderten Tonfall, »so vermögt Ihr mir vielleicht zu sagen, warum ich hier bin.« Darauf schwieg nun wieder der Pater. »Ihr könnt's mir nicht sagen«, fuhr der Junker fort, »das hab ich mir gleich gedacht, so sagt mir wenigstens: steht die Welt noch auf ihrem alten Platz?« Es klang wie Scherz, in der alten anmutigen Weise, und war doch keiner. »Das tut sie, Junker, unverrückt steht sie auf ihrem Platz, dafür sorgt unser Herr im Himmel.« – »Und scheint die Sonne, Pater? Mir hat geträumt, der Herr Jesus hat den drei Erzengeln befohlen, die Sonne mit einem großen Laken zuzudecken, bis das andere Jahr kommt, und welcher Mensch dagegen murrt und bloß einen Lakenzipfel mit der Hand anrührt, der soll verurteilt sein, die eigene Mutter aus dem feurigen Ofen schreien zu hören.« Der Pater sagte, und seine Brust dehnte sich schmerzlich: »Junker, ich bitte dich, mach nicht den Traum zu deiner Uhr, von der du die Zeit abliest.« Das spehaft wunderliche Wort; der Junker Ernst stutzte, als er es vernahm, war ihm doch Traum und Leben in eins zusammengestürzt, war nicht wirklich Zifferblatt und Zeiger von der Traumwelt noch in ihm und wies die falsche Stunde? Er blickte sinnend in die Luft, forschend auf den Besucher, dann legte er mit seiner Lieblingsgebärde die Hände aneinander und sagte: »Ihr habt noch ein so junges Gesicht, Pater, warum habt Ihr schon weiße Haare?« Der Pater lächelte. »Dasselbe hat mich neulich der junge Kanonikus Philipp von Schönborn gefragt«, erwiderte er, »ich habe ihm geantwortet: das ist von der vielen Vergeblichkeit gekommen.« – »Wie meint Ihr das?« – »Von der Vergeblichkeit der vielen Seufzer und Tränen, die immer wieder Seufzer und Tränen hervorrufen. Man kann die Tränen nicht trocknen, man kann die Seufzer nicht stillen, jene sind wie das Meer, diese wie der Orkan, es schwillt und schwillt. Von der Vergeblichkeit der Worte, fast auch von der Vergeblichkeit der Taten. Von den Unschuldigen, die erliegen, von den Schuldigen, die mit hoher Stirn gehn. Von all dem Allzuviel, Junker, von all dem Garzuschweren. Ich habe gesehen, was unter der Sonne vorgeht, ach, ich habe mehr die Toten gepriesen als die Lebendigen, und als die Glücklichsten eracht ich die Nichtgeborenen, die nicht sehen müssen, was vorgeht unter der Sonne. Die ganze Natur trauert darob, wie soll also ich nicht trauern und wie sollte mein Haar nicht weiß geworden sein?«

Der Junker sah ihn lange Zeit schweigend an, hierauf sagte er: »Wollt Ihr nicht herkommen zu mir, ehrwürdiger Pater, wollt Ihr Euch nicht neben mich auf die Bank setzen?« Spe nickte freundlich und zögerte nicht, der Aufforderung zu folgen. Es war ihm eine angenehme Empfindung, den Junker so nah zu wissen, selten hatte er solche Sympathie aus sich und zu sich her strömen gefühlt, der Mensch, nicht bloß der eine da, den er sehen und hören konnte, sondern das Menschenwesen selbst wurde ihm wie nie zuvor unendlich teuer und über alles liebenswert, brüderliches Geschöpf aus dem gleichen Mutterschoß und gelenkt von dem unerahnbaren Geist, den kein Glaube, kein Aussagen, kein Name, kein Gebet erreicht, den man nur atmen kann, um durch ihn zu sein. Der Junker blickte ihn gespannt an. »Sprecht, lieber Pater«, sagte er. »Was soll ich denn sprechen?« fragte Spe. »Erzählt mir«, bat der Junker, »erzählt mir was von Euch.« Unerwartetes Verlangen aus diesem Mund, das den Pater Spe rührte, wie wenn ein Singvogel auf seine Hand geflogen wäre, um den rauhen Lauten aus der Menschenkehle zu lauschen. »Bist du's nicht, Junker, der im Erzählen als ein Meister gilt?« fragte er zart scherzend. »Was könnt ich dir Neues bringen?« Der Junker schüttelte den Kopf, seine Lippen stammelten etwas, Spe konnte es nicht verstehen. Wohl aber begriff er, daß da einer war, der den Weg verloren hatte, der verirrte Sinn des Knaben rief ihn an und flehte um Führung und Weisung. Er war in die Finsternis gestoßen worden, der sorglos wandelnde Jüngling, die Elemente hatten ihm viel gegeben, Natur hatte ihn reich beschenkt, seine Seele war wie eine feurige Kugel, die ohne Schwere durch den Raum schwebt, sich selbst in ihrer schönen Glut genügend, doch das Schicksal hatte sie aufgefangen und hielt sie in seiner gewaltigen Faust, so daß ihr angst und bang war. Darüber hatte der beflügelte Genius keine Macht, dem er sich bisher spielend anvertraut hatte, er war zu einsam gewesen, zu sehr auf sich gestellt und in seine Träume gesunken, ohne Vater, ohne Mutter, ohne Freund und Geschwister, und wonach er dürstete, waren die Worte des Lebens, die Nähe der Herzen, die Nähe der Erde und ihrer Wirklichkeit. Das erkannte Spe, und er fing an, ihm seine Geschichte zu erzählen, wie er ausgegangen, um den Armen beizustehen, aus Sorge um das Volk von Land zu Land, von Stadt zu Stadt gewandert und überall nur Not und Bedrückung gefunden, Lüge, Grausamkeit und Haß, wie schwer es gewesen, den Mut nicht sinken zu lassen, das Vertrauen in den Menschen nicht dranzugeben. Er sprach von der Kriegsgeißel, von Pest und Mißernte, von der Verblendung der Glaubenseiferer, der Treulosigkeit der Großen, dem bittern Jammer, in den das deutsche Vaterland geraten, all dem Neid und Aberglauben, der

Verleumdung und Ehrabschneiderei, ein kranker Körper, der seinen Arzt mit Füßen stoße und seinen Pfleger bespeie. Er schilderte dem atemlos zuhörenden Junker Begebenheiten und Begegnungen; wie er, vor kurzem erst, am Rand eines brennenden Waldes zwei kleine Kinder im Schutt aufgelesen; wie er in einem verlassenen Dorf einen Greis gefunden, anzusehen wie der Prophet Jeremias, in Verwünschungen und Schreckensgesichten sich ergehend gleich diesem, und wie er den Alten in den Arm genommen als wär's ein Säugling und zum Frieden gebracht habe; wie er in eine Stadt gekommen, deren Bewohner fast alle wahnsinnig geworden seien, gleich einer Seuche habe der Wahnsinn alt und jung, vornehm und gering erfaßt, alle hätten den Untergang der Welt erwartet, zuviel hatten sie aushalten müssen, dreimal die blutigen Greuel der zu- und widerziehenden Heere, dreimal Qual und Verdammnis, nun warteten sie aufs Ende. Dann aber berichtete er von den Hexen, von seinen Gesprächen mit ihnen; wie sich Dünkel und Fanatismus überall an allem edlen und seltenen Frauenzimmer vergreife, die Gutmeinenden stünden ahnungslos davor, indes die Brunst frecher Träume sich am Anblick schönen zuckenden Fleisches letze, da sei einem zumut, als müsse man seinen Schmerz in späte Zeiten des Menschengeschlechts hinausschreien, da die Mitgeborenen taub an Leib und Geist und Seele seien. Welche Geheimnisse, Junker, schwarzes Gelüsten, Laster der untersten Tiefen, als Gesetz und Recht der Welt angelogen, verkocht mit dem Gedankensud aus den Küchen unfaßbarer Giftmischer. Die armen Weiber, o gemarterter Christ, wenn er ihrer gedenke! Wie sich manche an ihn angeklammert wie der Ersaufende an einen Balken, welche Worte sie geredet, wie das Grauen aus ihren Lippen hervorgekrochen sei, die geplagte Haut an ihren Leibern geschwärt, wie nichts und nichts gegen den Wahn helfen gekonnt, Unvernunft sich zur Wollust gesteigert habe und er sich immer wundere, daß Tag und Nacht einander noch in altgewohnter Ordnung folgten, daß Pferd und Kuh und Esel noch den Hauch des Menschen ertrügen, obschon nicht den Blick, den ertrüge kein Tier. Und doch wieder sei der Mensch ein hohes Wesen, aus der Schlechtigkeit leuchte manchmal das edle Metall seiner ursprünglichen Natur. »Da war zu Cöln ein Missetäter«, erzählte Spe, »ein Mörder, der sollte hingerichtet werden. Umsonst alle Versuche, ihn zur Reue zu bewegen. Da sagt ich zu ihm: du weißt, daß ich einiges Gute auf meiner Rechnung habe, ich setz es auf die deine und schenk es dir zum Eigentum, wenn du Leid über dein Verbrechen bezeugst. Da ging der Mann in sich, daß er sich zurückbedachte und in großer Zerknirschung Buße tat. Aber bevor er sterben sollte, flehte er mich auf Knien an, mein Gutes wieder zu mir zu nehmen, er könne mit den erschlichenen Taten nicht vor Gott den Herrn hintreten. Es war jedoch zu spät, ich hatte ihm ja alles verpfändet, es blieb mir nichts übrig als ganz von vorn anzufangen.« Er schwieg eine Weile und fuhr dann fort: »Das war meine schwerste Zeit, ich hatte die guten Werke an den armen Sünder verloren und wandte mich im Gebet an meinen Heiland; ich bat ihn, er solle alle, die mich bisher geliebt, mich hassen lassen, alle die mich gefördert, mich verfolgen lassen, damit mir Gelegenheit gegeben sei, meine ganze Seelenkraft auf die Probe zu stellen. So kam es auch, die Bitte ist mir gewährt worden. Von da ab war ich der Stein des Anstoßes bei meinen Vorgesetzten, gemieden im Konvent, beargwöhnt von den Landesfürsten, verleumdet von meinen geistlichen Brüdern. Aber ich trag's mit Freuden.«

Der Junker hatte sich allmählich zu Spe hinübergebeugt, um ihm besser ins Gesicht sehen zu können, seine beiden Hände ruhten auf einem Knie des Paters, die eine Schulter hatte er gegen dessen Brust geschmiegt, und so lauschte er, den Kopf emporgewendet, gedankenvollen Blicks. »Ich hab nichts gewußt von den Menschen«, sagte er, »Ihr lehrt's mich erst.« – »Wenn du die Lehre aufnimmst, Junker, mußt du sie wieder vergessen. Manche leben von den Augen, manche vom Verstand, wenige mit dem Herzen.« – »Ich brauch die Augen, lieber Pater, macht sie mir nicht schlecht.« – »Freilich, mich dünkt, du hast vieles geschaut mit deinen Augen, ich hab nur vieles gesehen.« – »Ich kenn alle Schlupfwinkel im Wald«, sagte der Junker fast stolz. »Und was noch?« fragte Spe. »Ich weiß, wo die Eulen nisten, wo die Rehe zur Tränke gehn.« – »Und was noch?« – »Ich kenn die Sternbilder und weiß, wo das Siebengestirn aufgeht, Sommer und Winter, und der Bär und das Haar der Berenice.« – »Das ist allerlei, Junker, aber es hat, wie du sagst, mit den Menschen nichts zu tun.« Der Junker wurde immer zutraulicher. »Und wenn man bedenkt«, flüsterte er, »was für Schätze in der Erde drin verborgen sind, Gold und Silber und edles Gestein, wenn einer auserwählt ist, sieht er's leuchten in der Nacht. Man kann auch hören, wie der Saft in den Bäumen rinnt, was das Wasser im Brunnen spricht.« – »So bist du also doch ein Zauberer, Junker?« – Der Junker fragte mit zuckenden Lippen: »Ist das Zauberei, Pater?« – »Es könnte Zauberei sein«, erwiderte Spe versonnen, »eine Art jedoch, von der im malleus maleficorum schwerlich was zu lesen ist. Es gibt zauberische Spiele, Kind, und ein verzaubertes Hangen, die den Menschengeist, wenn er sich drin verspinnt, von seiner wahren Aufgabe weglocken. Und jetzt willst du von mir erfahren, was die wahre Aufgabe ist? Aber siehst du, das kann ich dir nicht sagen. Ich darfs mich nicht unterfangen, es zu sagen. Da ist Lehre nur Wind, das Wort eine klingende Schelle. Das muß aus deinem Gefühl entsprießen, verstehst du? Wollte Gott, du verstündest mich recht, sonst hab ich dir nichts gebracht als Irrtum und Beschwernis.«

Im Gesicht des Junkers ging etwas Ungewöhnliches vor, ein paar Augenblicke lang war es ganz erstarrt, die Lider schlossen sich aufeinander, dann, als sich der Krampf gelockert hatte, flüsterte er: »Ich glaub, ich glaub, ich versteh Euch, Pater. Seit mir in dem Haus da meine Mutter erschienen ist, seitdem ist mir so anders zumut, ich kann es Euch nicht beschreiben, wie. Gelt, Pater, es war doch eine Erscheinung? Sagt es mir: es war doch eine Erscheinung?« Gespannt und angstvoll schaute er Spe ins Gesicht, als fürchte er das Nein nicht minder als das Ja, als wolle er täuschen und getäuscht werden und sich dem Wissen mit aller Kraft der Phantasie entringen. Ohnmächtiges Bemühen. Seine Züge verfurchten sich wie die eines alten Mannes, er legte die gefalteten Hände auf die Schultern Spes und bat: »Ihr müßt mir Botschaft von ihr bringen, Pater, versprecht mir das, eh ich nicht Botschaft hab, ist mir all mein Sinn abwendig gemacht, versprecht mir's, guter Pater.«

Es war inzwischen dunkel geworden, Spe seufzte tief und wollte die verlangte Zusage geben, da drang unerklärlicher Lärm zu ihnen, ein fernes helles Schwirren und Brausen, das beständig näher kam und gewaltig anschwoll.

15.

Die Nachricht von der Einkerkerung des Junkers von Ehrenberg war nach Verlauf von drei Tagen im ganzen Bistum und weit darüber hinaus bekannt geworden. Trotzdem der Pater Gropp den ihm unterstellten Geistlichen verboten hatte, etwas davon verlauten zu lassen, wußte man bereits am folgenden Morgen das Geschehene in den entferntesten Teilen der Stadt, und da die Kunde im Schloß nicht geblieben war, konnten ihr auch die Stadtmauern und -tore kein Hindernis entgegensetzen, sie eilte von Dorf zu Dorf, von Weiler zu Weiler, von Bezirk zu Bezirk, von Siedlung zu Siedlung, mainauf- und mainabwärts, nach Norden und nach Süden, und wie durch einen geschwinden und geregelten Botendienst wurde sie nach Frickenhausen und Rinderfeld so gut wie nach Scheinfeld und Ludwigsbad getragen, in die Spessarteinöden wie in die Weinberge bei Kitzingen. Man erzählte sich's in den Schenken, auf den Märkten, in den Schrannen, in den Kirchen, die Fuhrleute auf den Landstraßen teilten es einander im Vorbeifahren mit, die Bauern beim Mähen auf den Wiesen, die Weinheger beim Binden, die Landsknechte an den Lagerfeuern, die Bettler, Zigeuner, Mönche und wandernden Scholaren boten es als Gegengabe für Almosen. Die alten Leute schüttelten kummervoll den Kopf, was konnte an dem edlen Junker Teuflisches gewesen sein, da sie nur von der Freude wußten, die von ihm ausgegangen war. Der Würzburger Magistrat erhielt vom Hauptmann einer Räuberbande im Odenwald einen lateinisch geschriebenen Brief, worin die sofortige Freilassung des Junkers gefordert wurde, andernfalls sollte die Stadt angezündet werden. Das alles war aber nur wie oberes Gekräusel im Vergleich zu der Bewegung in den Gemütern der Jugend, der Kinder. Die Tausende und Tausende in den zahllosen Orten, die ihn gesehen und in wohlbereiteten Stunden seinen Geschichten gelauscht hatten, konnten ihn nicht vergessen, er war mit ihrem ganzen Denken eins, er erschien ihnen wie ein leibhaftiger Feiertag, etwas, wovon man lang vorher und lang nachher spricht und was einen glücklich macht. Der Junker, das Wort hatte in manchem Mund einen Ton von Zärtlichkeit, den vielleicht das übrige Leben nie wieder aufklingen ließ, den Ausdruck einer Erwartung, der sich eben nur dies eine Mal und bei dem einen Menschen erfüllte. Warum hätten sie dem schönen Traum nicht dankbar sein sollen, den er in ihr Herz gepflanzt hatte wie eine zauberische Blume in ein sandiges Stück Erdreich, warum hätten sie ihn nicht herbeiwünschen sollen, da er sie lehrte, das Wunderbare zu benennen und das Trübselige zu vergessen? Als es ruchbar wurde, der geliebt Ersehnte schmachte in Ketten in der Münze zu Würzburg, flutete zunächst ein schauriger Schrecken durch die jungen Seelen, wie wenn es plötzlich am hellen Mittag Nacht geworden, mitten im Sommer der Mainstrom gefroren wäre. Aber noch war kein Wille da, kein aufwallender Geist, trotzdem sich da und dort die Betroffenen zusammenrotteten und die Ältesten scheu einander fragten, was zu tun sei, denn nichts zu unternehmen und still sich fügen, dünkte ihnen unerträglich. Der Anstoß zum Handeln kam jedoch bald und riß sie unwiderstehlich mit.

Der Bruder Felician hatte gegen die Präzeptoren der Alumnen geplaudert, Peter Mayer hatte das Gespräch belauscht. Während seine Kameraden in mutloser Bestürzung verharrten, war er gleich von Anfang an zu tätigem Eingreifen entschlossen, und da er sich ohnedies im Alumnat unglücklich fühlte, benutzte er einen unbewachten Augenblick, um zu fliehen. Bei der Heiligengeistkirche traf er den Silberhans und teilte ihm aufgeregt seine Wissenschaft mit. Der Silberhans, der nur auf eine Gelegenheit paßte, seinem müßigen Herumstrolchen ein Ende zu machen, wußte den Studiosus Barger und den Rotgerber Batsch in der Stadt, und während er mit denen seine Verabredungen traf und gemeinsam mit ihnen für die Ausbreitung der Kunde sorgte, entwischte Peter Mayer aus dem Heidingsfelder Tor und versammelte seine Freunde in den Dörfern der Kitzinger Gegend um sich. Sechzehn Stunden lang war er unterwegs. Die Flamme, einmal gelegt, lief hurtig weiter. Die Kinder des einen Dorfes verständigten sich mit denen des andern, von einer kleinen Stadt zur nächsten wurden Beschlüsse gemeldet, am Donnerstag vor Peter und Paul stand es bereits fest, der Junker müsse befreit werden. Wir wollen den Junker wieder haben, hieß es, wollen ihn aus dem Kerker holen, das Wie und Wann wurde einstweilen nicht erörtert, doch brachten Zuläufer aus Würzburg in Zwischenräumen von Stunden geheime Befehle, die auf unbegreiflich schnelle Weise durch die ganze Landschaft flogen. Am Freitag und am Samstag begaben sich zahlreiche Scharen vor das Ehrenberger Schloß, standen stundenlang im Hof, schauten an den Mauern hinauf, tuschelten und raunten miteinander, am Abend riefen sie den Namen des Junkers, wie um sich zu überzeugen, daß er nicht da war, wenn sie keine Antwort erhielten. In der Nacht zum Sonntag, wo das Schloß in Flammen stand, kamen sie zu vielen Hunderten, Kinder von Bauern, Holzknechten, Hirten, auch ein Dutzend Gesellen von der Karlstädter und Ochsenfurter Innung, hielten Kriegsrat beim Schein der Feuersbrunst, einer, ein gewisser Göbeling, redete laut und feurig, dann zogen sie allesamt auf Würzburg zu, weithin beleuchtet von der brennenden Burg und den ganzen nächtlichen Weg entlang aufrührerische Lieder singend. Niemand wußte, von wo das Gerücht ausgegangen war, aber es war kund geworden, der Junker solle am Freitag Mariae Heimsuchung, zu Mitternacht, vom Leben zum Tod gebracht werden, so wurde der Freitag für den

Hauptstreich bestimmt, um die Sonnenuntergangszeit sollte der Junker aus dem Gefängnis befreit werden. Inzwischen waren auch die Würzburger Kinder gewonnen worden, sie stellten einen großen Anhang, und oft waren die am eifrigsten bei der Sache, die nur vom Hörensagen wußten, was es mit dem Junker auf sich hatte. Der Marienberg mit seinen unwegsamen Hängen und Schroffen war das Standquartier der Abgesandten und Vorausgeeilten aus dem Gau, sie hatten in den gefährlichen Plan Ordnung, in die wirren Haufen der stündlich neu Zuströmenden Zucht zu bringen. Am Fuß des Festungsbergs war eine verborgene Mauertür, der Posten dortselbst, seit Jahren der nämliche, ein krummer Invalide, der in einem Wachhäuschen wohnte, wurde vom Rotgerber Batsch und vom Dominik Eisenbeiß, einem Zimmermannslehrling, jeden Abend besoffen gemacht, dann kamen die Verschworenen, die sich vorher sorgfältig am Fluß und in den Weinbergen versteckt gehalten, unter der Führung der älteren, sechzehn- und siebzehnjährigen Burschen, dunkel unabsehbar angerückt.

Wunder genug, daß das wühlerische Treiben, Versammlung und Auflauf allenthalben, so wenig in der Stadt bemerkt wurde. Es war schwerlich der dabei geübten Vorsicht allein zuzuschreiben, die allgemeine Ratlosigkeit und Verstörung hatte großen Teil daran, und daß kein Verrat geschah, hatte seinen Grund sowohl in der verzweifelten Taubheit und Blindheit, von der die Bürgerschaft geschlagen war wie auch in der stummen elementaren Flutung des jugendlichen Ansturms. Viele Zeichen erregten freilich Verwunderung, es wurde herumgefragt, es wurden Warnungen laut, aber niemand konnte Genaues sagen, und niemand hatte Lust, ein Unheil zu verhüten, von dem man nicht wußte, nach welcher Seite es drohte, im Gegenteil, die meisten wünschten, es möge was Furchtbares geschehen, da ihr Geist der quälenden Angst müde war. Dazu kamen die Gerüchte aus dem bischöflichen Palast, einige sagten, der Bischof sei nun selber besessen, der Pater Gropp bemühe sich, ihn mit Beschwörungen aus Satans Klauen zu reißen, andere erzählten, die Freifrau von Ehrenberg habe ihm die schwere Krankheit angehext, andere wollten erfahren haben, der Erzherr von Mainz habe gegen das grausame Wüten des Amtsbruders ein Breve erlassen und die Dinge würden sich nun zum Bessern wenden. In all dem Gerede steckte Wahres, der Bischof war wirklich krank, er lag in seinem Veitshöchheimer Sommersitz, das kalte Fieber warf ihn herum wie einen Ball. Die Bezichtigung der Freifrau, hatte sie ihn auch nicht zur Einsicht gebracht, so hatte sie doch seinen Sinn unheilbar verwirrt, mit Schaudern sah er sich in den mystisch rauchenden Abgrund gewirbelt, von bleichem Schrecken erfüllt dieselben Argumente gegen sich gekehrt, dieselben Verdachtsmerkmale auf sein Tun angewendet, mittels welcher er Jammer und Aberjammer auf seine Untertanen gehäuft. Um Luzifers Macht zu brechen, das wohl, aber dabei war der stille Vorbehalt gewesen, daß seine eigene Person wider die höllischen Versuchungen gefeit sei. War das nicht der Fall, so war er verloren, nichts konnte ihn retten, und während er sich stöhnend auf seinem Lager wälzte, schickte er bald Gebete zum Himmel, bald rief er den Namen des Junkers; in Fieberbildern mit ihm sprechend, rechnete er sich's hoch zum Verdienst an, daß er ihn vor der Folterung bewahrt, trotzdem ihn alles dazu verlockt, höllisch verlockt, wie er von Reuegeistern bedrängt, kleinmütig zugab. Welchen Ursprungs war denn die Liebe, die er zu dem Knaben gehegt, daß er all sein Geld und Gut und vielleicht noch das Seelenheil für eine Zärtlichkeit hingegeben hätte, zugleich aber mit der grausiggeilen Lust, den Körper zu vernichten, der ihm solche Gefühle einflößte? Höllischen Ursprungs, das litt keinen Zweifel, so war er verworfen und durfte nicht mehr vom Richtersitz her verdammen. Er ließ den Secretarius Baumgarten kommen, befahl, daß alle wegen Hexerei und Zauberei Angeschuldigten zu entlassen seien, und unterschrieb das Dokument, das für den Pater Gropp bestimmt war, mit zitternder Hand. Der Pater traute seinen Augen nicht, als er es las. Von einem Tag zum andern das Hexengefängnis leeren, das bedeutete, alle Dämonen des Luftreichs entfesseln, die mühsam gesäuberte obere Welt der untern zur Beute vorwerfen, ein herrliches Werk war um seinen Ruhm, um seine Frucht gebracht, die Christenheit war in Gefahr. Er weigerte sich, den Befehl auszuführen, namentlich, was den Junker von Ehrenberg betraf, der ihm wie eine Art Kernsubstanz teuflischen Wesens erschien, wollte er von Ledigsprechung nichts wissen, sondern gab im Gegenteil den heimlichen Auftrag, den Knaben, obschon er ungeständig, in der folgenden Nacht, wie es ja längst bestimmt war, mit dem Schwert zu richten. Zur gleichen Stunde schickte er einen Boten an den Bischof und ersuchte um seine Beurlaubung zur Rückkehr ins Collegium, in der zuversichtlichen Erwartung, daß der Bischof ihn nicht entbehren könne und nicht werde ziehen lassen. Seine Bestürzung war groß, als die Antwort eintraf, in welcher ihm der Bischof den Abschied gewährte.

Die Heimlichkeit des Exekutionsbefehls nützte dem Pater nichts, der Secretarius Baumgarten, der dem Jesuiten feindlich gesinnt war, hielt sich nicht zum Schweigen verpflichtet, und obwohl das Urteil als Bestätigung eines schon gefällten Spruchs nichts Überraschendes enthielt, wirkte es durch die Kraft letzter Unumstößlichkeit wie eine aufreizende Fanfare. Endlich erwachten auch die Bürger und das geringe Volk aus der Erstarrung, viele erfuhren von der Verschwörung zugunsten des Junkers, aber sie wagten sich selber nicht zu rühren, der Druck, unter dem sie so lang gekeucht, hatte sie feig gemacht, sie schlossen sich in ihre Häuser ein und warteten, was geschehen solle. Am Freitagnachmittag um vier Uhr begann das große Hereinströmen der Kinder durch die Stadttore, die Wachen standen mit offenen Mäulern da, die Offiziere wußten nicht, wie sie sich verhalten sollten, eh die erbetene Ordre vom Kommandanten kam, war die zudringende Menge nicht mehr zu stauen. Vom Steinberg wogten sie herunter, vom Marienberg wimmelte es ameisenhaft herab, blaue, grüne, rote Fähnchen flatterten in der Sonne, Stimmengetöse wie von einem millionenfach verstärkten Grillenkonzert erschütterte die Luft. Beim Aschaffenburger Tor wollte die Wache die Zugbrücke aufwinden, in das Gerassel der Ketten hinein schallte das entsetzliche Angstgeschrei der Kinder, fünfzehn oder zwanzig stürzten in den Graben und ertranken, ein aus der Stadt kommender Reiteroffizier geriet in Zorn über das Verbrechen der Torwache und hieb mit dem Säbel unter sie, die Brücke wurde wieder herabgelassen, da man, wie der entrüstete Hauptmann zu verstehen gab, die Kinder doch nicht als erobernde Feinde betrachten und, wenn sie auch Feindliches im Sinn hatten, sich ihrer nicht durch solche heimtückische Tat erwehren dürfte. Aber die Nachricht von dem Geschehnis fand erbitterte Verbreitung, es verlautete, Hunderte seien im Stadtgraben ersäuft worden, und der Ungestüm der Eindringlinge hatte keinen Zügel mehr. Um fünf Uhr war die Menge ins Unübersehbare gewachsen. Es ist wie Ungeziefer, wie Heuschreckenschwarm, drückte sich der ratlose Bürgermeister gegen seine Amtsgenossen aus. Vor der Pfarrkirche, auf dem Domplatz, vor der Neumünsterkirche war das Gedränge derart, daß man über die Köpfe hätte gehen können, um sechs Uhr begann es von allen Kirchen Sturm zu läuten, die Stadtsoldaten zogen auf, die Schloßwache blies Alarm, auf dem Marktplatz formierten sich Bürgerwehren, ein paar Dutzend schüchterne Männlein, die nicht wußten, was sie sollten. Etwas vor sieben Uhr marschierten

durch die Katharinengasse die Zöglinge einer Prämonstratenser-Kloster-
schule nach Hause, Knaben und Mägdlein von fünf, sechs, sieben Jahren,
sie waren bei einer Feier gewesen, kamen vom Käppele, der Wallfahrts-
kirche am Marienberg, vorn schritten drei Musikanten mit zwei Posau-
nen und einer Zinke, dann Paar um Paar die Schüler mit ihren Lehrern,
dann wieder drei Musikanten mit Geigen, darauf die Mädchen mit
Blumenkränzen auf den Haaren, Blumensträußen in den Händen und
die Gebetbücher unter den Armen. In kürzerer Zeit als man braucht,
um ein Vaterunser aufzusagen, war das wandernde Idyll von den daher-
flutenden Haufen zerrissen und verschluckt, mitgeschwemmt durch die
Gassenschluchten, an deren beiden Seiten sich die Bewohner aus allen
Fenstern lehnten, in stummer Neugier und Bangigkeit, Namen wurden
gerufen, manche erkannten ihre Söhne, Töchter, Enkel im Gewühl,
Gesichter reckten sich empor, lachend, drohend, spottend, es war ein
nichtendendes Wogen von blonden, braunen, schwarzen Zöpfen und
Schöpfen, aus den Nebengassen wälzten sich immer neue Massen herzu,
da sind die Dettelbacher, hieß es, da die Obernbreiter, die Ippesheimer,
die Mainbernheimer, die Ochsenfurter, die Rimparer, die Zeller, die
Karlstädter, die Retzbacher, die Volkacher, die Marktbreiter, oder es
schallte dem einen und andern verdienstvollen Führer entgegen: Grüß
Gott, Hans Christoph, grüß Gott, Metzgerschorsch, heiho Imsinger
Diebold; wo sich die bewaffneten Knechte blicken ließen, wurden sie
mit ihren Hellebarden einfach fortgespült, die Salvaguardi des Bischofs
vermochten so wenig auszurichten wie der Zug von Dominikanermön-
chen, der mit erhobenen Armen und einem vorgetragenen Kruzifix
den Eingang zum Juliusplatz versperren wollte. Die ganze Menge trieb
wie von selbst gegen die Münze hin.

Dort, auf dem mäßig großen Halbrund, das uralte Häuser zurücktre-
tend bildeten, hatten sich schon zwischen sieben und acht Uhr ein paar
Hundert Aufrührer eingefunden, und als die Zeit vorrückte, verlangten
die Kühnsten Zutritt zum Gefängnis, ein Vermessen, das die drei wür-
felspielenden und pfeifenrauchenden Wächter mit verächtlicher Lache
beantworteten. Auf ihr eindringlicheres Fordern drohten sie, ihnen die
Köpfe einzuschlagen, aber da kamen schon aus allen Richtungen und
Gassenzeilen Haufen der Verbündeten, die Wächter erschraken, begriffen
nicht, was im Zuge war und schlossen eilig das Tor. Wütendes Geschrei
brandete an den schwarzen Mauern empor, wurde aufgenommen, erneut
und wiederholt von den geteilten Armeen, die sich nun in eine einzige

zusammenknäulten. Es wurden tausend, es wurden zweitausend, es wurden fünf- und achttausend, und noch immer waren die Gassen, so weit man sehen konnte, voll von den halbwüchsigen Gestalten. Die Vordersten hatten Steine aufgelesen und schleuderten sie gegen die Fenster, daß eine Viertelstunde lang nur helles Glasgesplitter zu hören war, andere rissen Pflöcke aus den Zäunen und fingen an, das Tor zu rammen, der Studiosus Barger, ein vagabundierender Malergesell namens Koselick und Peter Mayer übernahmen den Oberbefehl, die Gitterstäbe an den erdgeschössigen Fenstern wurden ausgebrochen, es gab kein Halten und kein Hindernis, die zahllosen schwachen Arme vereinigten sich zur Kraft von Riesen, das Eichentor hielt nicht stand, die Wachmannschaft ergriff die Flucht, wenige Minuten nachdem es acht Uhr vom Domturm geschlagen, ergoß sich die erregte Menge unter ohrenbetäubendem Stimmengetöse, Jubelgebrüll und Triumphgesängen in das verödete Haus, schob und wälzte sich in alle Gänge aller Stockwerke und ein tausendfacher Schrei: Der Junker! Der Junker! widertönte von den Gewölben. Peter Mayer, überall vornedran, machte die Zelle ausfindig, in der der Junker gefangen saß, er herrschte den Wärter um den Schlüssel an, schon war der Batsch an seiner einen, der Silberhans an seiner andern Seite, sie hoben ihre Pistolen gegen den Zaudernden, dreißig, vierzig Burschen hämmerten mit Knütteln an die Zellentür, der Silberhans drängte sich mit dem Schlüssel durch, die schwere Tür flog auf, da stand der Junker, blaß, still, unendlich erstaunt, hinter ihm der Pater Spe, aber die Eindringenden sahen bloß ihren Geliebten, stürzten auf ihn zu, zwei ergriffen ihn und hoben ihn auf ihre Schultern, die andern vollführten einen ausgelassenen Freudentanz, wir haben ihn, wir haben ihn, jauchzte es durch die Flure, über die Stiegen, sie trugen ihn wie aus dem Grab heraus in den leuchtenden Abend und wurden unterm Tor von einer die ganze Atmosphäre erschütternden Jubelsalve von den ungeduldig Harrenden empfangen, die so dicht standen wie Gras auf der Wiese.

Im Gefängnis drinnen öffneten sich noch viele Türen. Eine Anzahl Bürger und Handwerker hatte mittlerweile gleichfalls das Gebäude besetzt, sie hatten sich unter dem Schutz des Aufruhrs ein Herz gefaßt und wollten sich ihrer Angehörigen versichern. Pater Spe schuf sich mühsam Raum, hielt Umfrage nach der Freifrau von Ehrenberg, entdeckte endlich mit Hilfe eines herumlungernden Bettelmönchs den eisernen Verschlag, wo sie in Gewahrsam lag, todesmatt, todesbleich, röchelnden Atems auf einem Bündel Stroh hingestreckt; es gelang ihm, den Mönch und einen buckligen Schlossergesellen zu bewegen, daß sie die Frau auf einer Bahre durch einen entlegenen Ausgang in das Haus des Propstes trugen, dort überzeugte er sich zuerst, daß sie gerettet werden konnte, wies die vor Freude keines Wortes mächtige Lenette an, was zu ihrer Pflege geschehen müsse, denn er nahm es darin an Kenntnissen mit jedem gelehrten Doktor auf, und kehrte sodann zur Münze zurück. Der Platz war leer, nur einige Nachzügler trieben sich in der Dunkelheit herum. Doch vernahm er von ferne noch immer das helle Jubelgebrause und folgte der Richtung, die ihm der wundersame Lärm wies. Er war noch nicht lang gegangen, da gewahrte er eine zum Himmel schlagende scharlachfunkelnde Feuergarbe, Häuser und Gassen hörten auf, er trat auf einen sanft ansteigenden Plan, die Bleichwiese, und bis zur Stadtmauer hinauf, deren Zinnen, efeubehangen in den schwarzblauen Äther hineinschnitten, war das ungeheure Gelände von den jugendlichen Aufrührern, Knaben und Mädchen, in verwirrendem Gewimmel bedeckt.

Dahin hatten sie den befreiten Junker getragen, immer zwei auf ihren Schultern, und wenn den zweien die Last zu schwer geworden, hatten sie zwei andere abgelöst. Sie wurden aber nicht leicht müde, die nach diesem Liebes- und Ehrenamt strebten, es waren Bauernsöhne, starke Kerle. In der Mitte der Bleichwiese stand ein bemooster Stein, da ließen sie ihn herabgleiten und setzten ihn hin wie auf einen grünen Thron. Weil es allgemach finster wurde und sie ihn vor allem anschauen wollten, schleppten sie Reiser, Zweige, dürres Wurzelwerk und trockenes Laub herbei, schichteten alles zu einem riesigen Haufen und zündeten den an. Eine gewaltige Flamme lohte auf, die dann fleißig genährt wurde, bei ihrem Schein strömte das ganze Aufrührerheer auf der Bleichwiese zusammen, alle wollten den Junker sehen, im gefährlichen Gedränge kletterten manche auf die Pappeln, die in weitem Bogen gegen die Stadtmauer standen, andere rollten leere Fässer aus der Weinschenke des Kaspar Bösen-Schwechelhoff herbei und stellten sich drauf, wieder andere fanden endlich die Gelegenheit, dem Junker ihre Mitbringsel zu überreichen, Käse, allerlei Früchte, frischgebackenes Brot, Bretzeln, in Blätter gewickelten Honig; Dinge, die sie seit vielen Stunden in den Taschen oder im Ränzel mit sich herumtrugen und die sie nun gleichsam als Huldigungsgaben vor ihn hinlegten. Dabei stießen und drückten sie einander, kleine Mädchen schrien vor Angst, der Junker sah, daß er den allgemeinen Eifer zähmen mußte, damit kein Unglück geschah. Er erhob sich und winkte mit der Hand, Jubel über Jubel aus unzähligen Kehlen, sie verstanden sein Begehren und blieben still auf dem Fleck, wo sie waren. Da ließ sich der Junker auf die Knie nieder und hockte sich auf die Fersen zurück, das war ihnen vertraut, so war er oft vor ihnen gekauert, wenn er seine Geschichten erzählt hatte, sie erinnerten sich und knüpften Hoffnung an die Erinnerung, Augenpaar um Augenpaar heftete sich verlangend auf ihn, im Bogen ab und auf sah er die jungen hungrigen, vom hochflackernden Feuer außen, von Begeisterung und Erwartung innen glänzenden Augen, nicht nur in der einen Reihe vor ihm, sondern in vielen Reihen hintereinander, immer ein Augenpaar zwischen zwei Köpfen, weit hinein, bis die Dunkelheit der Juninacht die Züge verwischte, Augen wie Feuerkäfer, wie schimmernde Steine, wie Metall und farbige beseelte Kugeln, und auf einmal brach es aus: »Erzählt, Junker! Eine Geschichte, Junker!« in allen Stimmen und Stimmlagen, die zwischen neun und siebzehn Jahren möglich sind, brechender Alt, heller Diskant, Zwitscherlaut und Gurgelton, immer neu erhoben der nämliche Ruf, der Schlacht- und Wahlruf, von Mund zu Mund durch hundert Reihen durch, vom äußersten Rand herüber, obgleich sie dort nur eine Trompete hätten hören können, nicht eine erzählte Geschichte. Als der Junker schwieg, als er beklommen vor sich hinschaute, das Haupt immer tiefer sinken lassend, fingen sie abermals an: »Erzählt, Junker, erzählt!« – »Vom Meister Grimmerlein!« – »Vom Schatzgräber Bodenlos!« – »Vom Alräunchen und der Silberfee!« – »Vom König Grünewald!« – »Vom wundertätigen Brunnen!«

Der Junker hob den befangenen Blick und ließ ihn suchend herumgehen, hilfesuchend schier, da gewahrte er unter den Kopf bei Kopf stehenden jungen Gestalten den Pater Spe, hoch und befremdlich verschieden von ihnen. Er hatte sich langsam durch sie Bahn gemacht, stand ruhig da, und aus seinen Augen, so anders als die Kinderaugen, erfahren und traurig, aus der Bewegung seines Mundes las, erriet, empfing der Junker die Mitteilung, auf die er mit schmerzlich gepreßtem Herzen gewartet hatte, und so gewartet, daß ihm alles dies nichts war, die Befreiung, der Jubel, der weite Himmel über der Welt, die werbenden Stimmen und strahlenden Blicke, alles nichts. »Botschaft von der Mutter bring ich und daß sie gerettet ist und leben wird«, hieß die Mitteilung. Er richtete sich auf, ein schwärmerisches Lächeln bebte um seine Lippen, und er sagte: »Ich will euch eine Geschichte erzählen, keine von denen, die ihr kennt, eine ganz andere, die Geschichte vom Junker Ernst von Ehrenberg, aber heut nicht, übers Jahr vielleicht, übers andere Jahr vielleicht, habt nur Geduld, um das eine bitt ich euch, nur Geduld ...

Biographie

1873   *10. März:* Jakob Wassermann wird in Fürth als Sohn des jüdi-
        schen Spielwarenfabrikantes Adolf Wassermann und dessen
        Frau Henriette, geborene Straub, geboren. Als seine Fabrik ei-
        nem Brand zum Opfer fällt, muss der Vater als Versicherungs-
        agent arbeiten.

1882   Tod der Mutter.
        Jakob Wassermann besucht die Realschule in Fürth.
        Anschließend soll er in die väterlichen Fußstapfen treten und
        eine kaufmännische Laufbahn einschlagen. Er beginnt daher
        in Wien eine Lehre bei seinem Onkel Max Traub, einem Fä-
        cherfabrikanten.

1889   Wassermann bricht seine Lehre ab, um Schriftsteller zu werden.
        In Würzburg leistet er seinen einjährigen Militärdienst.
        Danach ist er kurzfristig als Versicherungsangestellter tätig.

1891   Wassermann verlässt die Versicherung, begibt sich auf ziellose
        Wanderschaft durch Süddeutschland und lebt in ärmlichen
        Verhältnissen.

1894   In München wird Wassermann Sekretär bei Ernst von Wolzo-
        gen. Dieser erkennt Wassermanns schriftstellerisches Talent
        und macht ihn mit dem Verleger Albert Langen bekannt.

1896   Langen verlegt Wassermanns erstes Buch »Melusine. Ein Lie-
        besroman«.
        Wassermann wird Mitarbeiter und Lektor in der Redaktion
        der Zeitschrift »Simplicissimus«.
        In seiner Münchner Zeit schließt er Freundschaften mit Rainer
        Maria Rilke, Thomas Mann und Hugo von Hofmannsthal.

1897   Der Roman »Die Juden von Zirndorf« wird ein voller Erfolg.
        Wassermann beginnt, Feuilletons für die »Frankfurter Zeitung«
        zu schreiben.

1898   *Mai:* Im Auftrag der »Frankfurter Zeitung« geht Wassermann
        als Theaterkorrespondent nach Wien.
        Hier findet er Anschluss an den Kreis des »Jungen Wien« und
        macht die Bekanntschaft von Richard Beer-Hofmann und Ar-
        thur Schnitzler, mit dem er sich anfreundet.

1899   Wassermann schreibt nun für den Berliner Verlag S. Fischer.

1900	Der Roman »Die Geschichte der jungen Renate Fuchs« erscheint.
1901	Wassermann heiratet die exzentrische Julie Speyer, Tochter aus wohlhabendem Wiener Hause, mit der er vier Kinder bekommt. Die Familie lässt sich in Grinzing nieder.
1903	Wassermanns Roman »Der Moloch« wird veröffentlicht.
1904	»Die Kunst der Erzählung« (Essay).
1905	»Alexander in Babylon« (Roman).
1908	Der Roman »Caspar Hauser oder die Trägheit des Herzens« erscheint, verkauft sich allerdings nur schleppend.
1914	Nach Ausbruch des Ersten Weltkrieges will sich Wassermann freiwillig zum Militärdienst melden, wovon ihn seine Frau jedoch abhalten kann.
1915	Der Roman »Das Gänsemärchen« beschert Wassermann endlich den erhofften Erfolg.
	Wassermann lernt die sechzehn Jahre jüngere Schriftstellerin Marta Stross, geborene Karlweis, kennen und verliebt sich in sie. Er will sich ihretwegen von seiner Frau Julie trennen, doch diese zögert die Scheidung durch ständig neue Geldforderungen und Prozesse noch jahrelang hinaus.
1919	»Christian Wahnschaffe«, ein zweibändiger Roman, wird veröffentlicht.
	Wassermann verlässt seine Frau und zieht mit seiner Lebensgefährtin Marta nach Altaussee in der Steiermark.
1921	Wassermann verfasst den autobiographischen Essay »Mein Weg als Deutscher und Jude«.
1923	Veröffentlichung des Essaybandes »Lebensdienst. Gesammelte Studien, Erfahrungen und Reden aus drei Jahrzehnten«.
1925	In dem Roman »Laudin und die Seinen« verarbeitet er die komplizierte Trennung von seiner ersten Frau.
1926	Erst jetzt wird die Scheidung von Julie endgültig und Wassermann kann Marta Karlweis heiraten.
	Wassermann wird in die Preußische Akademie der Künste aufgenommen.
1928	Wassermanns berühmtester Roman, »Der Fall Maurizius«, erscheint.
1929	Er schreibt eine Biographie über »Christoph Columbus«.
1931	»Etzel Andergast« (Roman).

1933 Wassermann veröffentlicht seine »Selbstbetrachtungen«.

Er tritt aus der Preußischen Akademie der Künste aus, um seinem Ausschluss durch die Nationalsozialisten zuvor zu kommen. Im selben Jahr wird er Mitglied im Ehrenpräsidium des »Kulturbundes deutscher Juden«. Seine Bücher werden verboten, was Wassermann in den finanziellen Ruin treibt.

1934 *1. Januar:* Jakob Wassermann stirbt verarmt und gebrochen in Altaussee.

Posthum wird der Roman »Joseph Kerkhovens dritte Existenz« veröffentlicht.

Karl-Maria Guth (Hg.)

Erzählungen aus dem Biedermeier

HOFENBERG

Karl-Maria Guth (Hg.)

Erzählungen aus dem Biedermeier II

HOFENBERG

Karl-Maria Guth (Hg.)

Erzählungen aus dem Biedermeier III

HOFENBERG

Erzählungen aus dem Biedermeier

Biedermeier - das klingt in heutigen Ohren nach langweiligem Spießertum, nach geschmacklosen rosa Teetässchen in Wohnzimmern, die aussehen wie Puppenstuben und in denen es irgendwie nach »Omma« riecht.

Zu Recht. Aber nicht nur.

Biedermeier ist auch die Zeit einer zarten Literatur der Flucht ins Idyll, des Rückzuges ins private Glück und der Tugenden. Die Menschen im Europa nach Napoleon hatten die Nase voll von großen neuen Ideen, das aufstrebende Bürgertum forderte und entwickelte eine eigene Kunst und Kultur für sich, die unabhängig von feudaler Großmannssucht bestehen sollte.

Georg Büchner Lenz **Karl Gutzkow** Wally, die Zweiflerin **Annette von Droste-Hülshoff** Die Judenbuche **Friedrich Hebbel** Matteo **Jeremias Gotthelf** Elsi, die seltsame Magd **Georg Weerth** Fragment eines Romans **Franz Grillparzer** Der arme Spielmann **Eduard Mörike** Mozart auf der Reise nach Prag **Berthold Auerbach** Der Viereckig oder die amerikanische Kiste

ISBN 978-3-8430-1884-5, 444 Seiten, 29,80 €

Erzählungen aus dem Biedermeier II

Annette von Droste-Hülshoff Ledwina **Franz Grillparzer** Das Kloster bei Sendomir **Friedrich Hebbel** Schnock **Eduard Mörike** Der Schatz **Georg Weerth** Leben und Taten des berühmten Ritters Schnapphahnski **Jeremias Gotthelf** Das Erdbeerimareili **Berthold Auerbach** Lucifer

ISBN 978-3-8430-1885-2, 440 Seiten, 29,80 €

Erzählungen aus dem Biedermeier III

Eduard Mörike Lucie Gelmeroth **Annette von Droste-Hülshoff** Westfälische Schilderungen **Annette von Droste-Hülshoff** Bei uns zulande auf dem Lande **Berthold Auerbach** Brosi und Moni **Jeremias Gotthelf** Die schwarze Spinne **Friedrich Hebbel** Anna **Friedrich Hebbel** Die Kuh **Jeremias Gotthelf** Barthli der Korber **Berthold Auerbach** Barfüßele

ISBN 978-3-8430-1886-9, 452 Seiten, 29,80 €